KB003443

사이코패스 AI

사이코패스 AI

전건우
정명섭
김이환

초록서재

차례

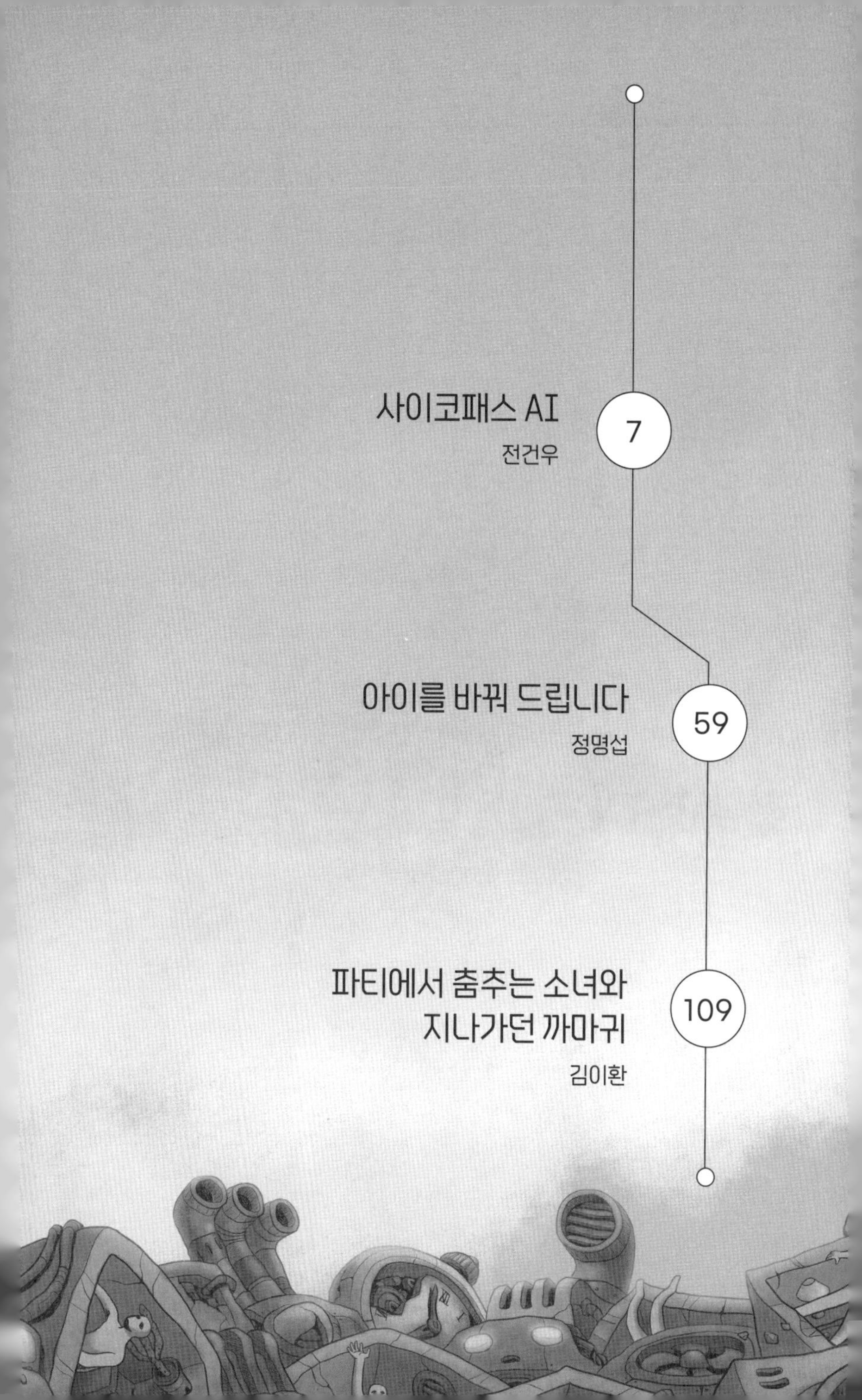

사이코패스 AI

전건우

전건우

소설가. 2008년 데뷔한 후로 호러, 미스터리, 스릴러 장르의 소설을 주로 쓰고 있다. 장르 소설과 청소년 소설, 그리고 동화 등을 가리지 않고 왕성하게 활동 중이다.
장편소설 《밤의 이야기꾼들》, 《소용돌이》, 《고시원 기담》, 《살롱 드 홈즈》, 《마귀》, 《뒤틀린 집》, 《안개 미궁》, 《듀얼》, 《불귀도 살인사건》, 《슬로우 슬로우 퀵 퀵》 등을 발표했다. 다수의 단편집과 앤솔로지를 통해 단편소설도 꾸준히 선보이고 있으며 《미스터리 유튜브》 시리즈와 《에코 히어로즈 1.5 사수단》 시리즈, 그리고 《우리 반 이순신》, 《괴물 사용 설명서》 등을 통해 어린이와 청소년 독자들에게도 다가가고 있다.

"처음부터 계속 말씀드렸지만, 모든 건 인공 지능 짓이에요."

맞은편 의자에 앉은 고등학생을 보며 나는 고개를 갸우뚱했다. 녀석은 한없이 진지한 표정이었고, 이런 상황에서도 떨지 않는다는 점만으로도 꽤 용기가 있는 듯 보였다. 그러나 긴장한 기색을 온전히 감추지는 못했다.

나는 무슨 말을 해 줄까 고민하다가 사실대로 이야기하는 편이 좋겠다 싶어 목소리를 깔았다.

"내가 어떤 일을 전문적으로 하는지 잘 모르나 본데, 나는 여러 사건 중에서도 강력 사건, 그중에서도 살인 사건을 전담하는 부서의 팀장이야."

"알아요. 제가 어떤 상황에 놓였다는 것쯤은. 형사님은 절 지금 살인 용의자로 대하시는 거잖아요. 그러니까 이렇게 한 번 더

진술해야 하는 거고요."

녀석은 주눅 든 기색 하나 없이 말했다. 참으로 당돌한 녀석이었다. 내 말을 듣고도 겁을 먹지 않다니. 나는 안 되겠다는 생각에 인상을 팍 쓰며 으름장을 놓았다.

"그러니까 있는 그대로 대답해야 하는 거야! 안 그러면 모든 게 너한테 불리하게 작용할 수 있어."

"사실이에요. 제가 했던 증언, 전부 사실이라고요! 처음부터 다시 말씀드릴게요. 그러니 제 이야기, 잘 좀 들어 주세요."

녀석은 나를 똑바로 바라보며 절박한 표정을 지었다. 나름 진정성을 느낄 수 있었지만, 지금까지의 경험으로 미루어 보면 범인 중 90퍼센트 이상이 진심을 다해 무죄를 주장한다. 녀석도 그런 부류일 확률이 높았다.

나 역시 녀석에게서 눈을 떼지 않은 채 물었다.

"너희 집에서 일어난 사건은 정말로 끔찍한 일이야. 그건 알지?"

"네. 아버지는 돌아가셨고, 어머니는 중환자실에 계시니까요."

어젯밤, 112로 신고 전화가 걸려 왔다. 부모님이 크게 다쳤다는 내용이었고, 신고자는 바로 이 소년이었다. 강력 범죄의 경우, 최초 발견자이자 목격자 또는 신고자가 범인일 확률이 높다.

"이름이 뭐라고 했지?"

내가 묻자 녀석은 조용히 대답했다.

"차아인이요. 고등학교 2학년이에요."

"아버지 성함은 차성신, 어머니 성함은 이은주. 맞니?"

"네. 맞아요. 두 분 말고 다른 가족은 없어요…."

아인은 그렇게 말하며 고개를 푹 숙였다. 목소리 끝이 떨렸다. 슬퍼하는 모습만 보면 의심을 거둘 만도 했지만, 섣불리 판단할 문제는 아니었다.

21세기가 절반이나 지났고 인공 지능 비서가 상용화한 세상이지만, 죄를 가려내는 일은 여전히 인간의 몫이었다. 직접 수사하고, 조사하고, 증거를 모으고, 죄를 입증한다. 나는 지금껏 그런 식으로 범인을 잡아 왔다. 아인의 처지는 불쌍하지만, 그렇기에 오히려 더 철저히 조사해야 한다는 게 내 생각이었다.

"진정해. 그리고 어젯밤에 무슨 일이 있었는지 진실을 말하렴."

내가 말하자 아인은 고개를 끄덕인 뒤 입을 열었다.

"그러자면 인공 지능 이야기를 안 할 수 없어요."

"또 인공 지능이냐? 인공 지능이… 네 부모님을 해쳤다는 말을 지금 나더러 믿으라고?"

아인은 오전에 있었던 첫 취조에서도 인공 지능 이야기를 했다. 취조를 담당한 김 형사는 고개를 갸웃하며 내게 보고했다. 헷

갈린다고, 진술이 진실인지 거짓인지 모르겠다고. 그래서 내가 아인을 만나게 되었다.

“하지만 제 이야기를 끝까지 들으시면 이해하고 또 믿게 되실 거예요.”

아인은 내 눈을 똑바로 보며 말했다.

“흠.”

나는 찬찬히 아인을 훑어보았다. 이 녀석은 능숙한 거짓말쟁이일까, 아니면 머리가 이상한 걸까? 그것도 아니라면… 진실을 말하는 걸까?

“제 이야기를 한 번 들어라도 주세요.”

아인은 몹시 절박해 보였다. 적어도 그 모습만큼은 거짓이 아닌 듯했다.

“좋아. 그럼 말해 봐.”

“알았어요.”

그렇게 아인은 이야기를 시작했다.

아버지와 어머니는 인공 지능을 연구하셨어요. 이쪽으로 조금만 관심이 있다면 두 분 이름을 다 알 정도로 유명하셨어요. 저 역시 인공 지능에 관심이 많았고, 부모님 뒤를 따르고 싶었어요. 지금은 아니지만….

요즘 누구나 쓰는 인공 지능 비서의 초기 모델을 아버지와 어머니가 만들었어요. '헬로'라고, 형사님도 아시죠? 역시 아시네요. 하긴…. 요즘 헬로 안 쓰는 사람은 거의 없죠. 모든 전자 기기에 기본으로 들어가 있으니까요.

두 분이 헬로 개발에 뛰어든 이유는 더 나은 세상을 만들고 싶었기 때문이에요. 저는 잘 알아요. 아버지와 어머니 모두 그런 사명감을 느끼셨다는 걸. 그래서 두 분은 헬로 개발 이후에도 인공 지능을 꾸준히 연구하셨어요. 헬로보다 뛰어난 인공 지능을 만들어 낸다면 지구의 많은 문제를 해결할 수 있을 거라고 아버지는 늘 말씀하셨거든요.

"말하는 도중에 미안하다만, 헬로보다 뛰어난 인공 지능이라면 도대체 어느 정도 수준을 말하는 거냐? 난 그런 쪽으로는 지식이 부족해서 감을 못 잡겠군."

인공 지능 비서 헬로는 전 세계의 네트워크를 통해 수집한 정보 중 사용자에게 가장 필요한 것만 골라 제공해 준다. 단순히 날씨를 예보하고 그날 일정을 알려 주거나 인간과 시시한 농담 따 먹기나 하던 전 세대의 인공 지능과는 차원이 달랐다. 결정적인 차이는 헬로가 스스로 '사고(思考)'한다는 데 있었다. 헬로는 인간이 평생을 투자해도 다 소화하지 못할 막대한 데이터베이스 속에서 정보를 뽑아내는 데 그치지 않고, 그것이 유용한 정보인지 아닌지 고민하는 과정을 거친다. 즉, '지능'이 있는 것이다. 나는 헬로의 광고 문구를 떠올렸다.

고민하기에 가장 인간적인 AI, 헬로

고민 여부가 지성을 갖췄는지 아닌지를 판가름할 수 있다는 말을 언뜻 이해할 수 없었지만, 아무튼 내가 아는 건 거기까지였다. 실제로 내가 사용하는 헬로 역시 꽤 인간적이었다.

"아버지와 어머니는 지금의 헬로보다 더 인간에 가까운 인공지능을 만들고 싶어 하셨어요. 그러려면 단순히 지능만이 아니라 '마음'을 지녀야 한다고 생각하셨고요."

아인의 말에 나는 고개를 갸우뚱했다.

"마음을 지닌다는 게 무슨 의미인지 아니? 부모님은 그걸 알고 계셨니?"

"네. 그러셨어요."

"잠깐. 확실히 짚고 넘어가자꾸나. 마음은 아주 추상적인 영역이야. 그건, 뭐랄까…. 아주 오랜 논쟁인 영혼의 유무를 떠올리게 하는구나. 나는 당연히 영혼이 있다고 믿지. 사후 세계도 믿고 말이야. 하지만 다른 많은 사람은 영혼이란 그저 뇌에서 만들어 낸 허상에 불과하다고 생각한단다. 그런 사람들의 시각으로 보자면 마음도 뇌에서 만들어 낸 일종의 의식이야. 반대로 나는 영혼이 곧 마음이라 여긴단다. 영혼이 존재하기에 우리에게 마음도 있는 거지."

나는 장황하게 설명하다가 눈앞의 소년을 새삼 바라봤다. 모든 걸 이해한다는 듯 살며시 고개를 끄덕이고 있었다. 그 모습을 보고 굳이 더 말할 필요가 없겠다 싶어 입을 닫았다. 하긴 이 소년이 형사인 나보다 더 잘 알지도 모른다.

"부모님은 그렇게 생각하진 않으셨던 것 같아요. 지능이 고도로 높아지면 인격이 생기고, 인격이 생기면 마음도 자연스레 생긴다고 말씀하시는 걸 들은 기억이 나요."

아인이 말했다. 나는 묻지 않을 수 없었다.

"그래서 인공 지능이 마음을 지니게 된 거니?"

"네. 지금 그 이야기를 할게요."

아인은 이야기를 이어 갔다.

부모님은 새 인공 지능에 '마인드'라는 이름을 붙였어요. 마인드라는 단어가 참 예쁘다고, 어머니가 하신 말씀이 아직도 귀에 생생해요.

마인드 개발은 착착 진행됐어요. 아버지와 어머니는 집에서 연구를 계속하셨죠. 참고로 말씀드리자면, 우리 집은 3층짜리 단

독 주택이에요. 지하실에는 부모님의 연구실이 따로 있죠. 웬만한 연구소보다도 더 좋은 시설을 갖추었다고 알고 있어요.

아버지는 이렇게 말씀하셨어요.

“인공 지능이 마음을 얻는다면 인간보다 훨씬 현명해질 거다. 그러면 어리석은 인간이 만들어 낸 여러 문제를 해결할 수 있겠지.”

제가 아무리 인공 지능에 관해 잘 안다고 해도 보시는 것처럼 고등학생일 뿐이에요. 친구들보다는 훨씬 뉴스도 많이 읽고 사회 문제에도 관심이 많긴 하지만, 아버지가 해결하고 싶어 하신 게 뭔지는 확실히 알지 못했어요. 물론 한 가지는 정확히 알고 있었어요. 아버지와 어머니는 마인드 개발에 진심이셨다는 거.

아시는지 모르지만, 두 분 다 전형적인 연구원이셨어요. 그건 어떤 일에 일단 몰두하고 집중하면 다른 일은 아예 신경도 못 쓴다는 뜻이에요. 제가 학교에서 돌아와도 아버지와 어머니는 지하 연구실에서 나오지 않으실 때가 많았어요. 하지만 외롭거나 섭섭하지 않았어요. 헬로가 늘 친구가 되어 주었고, 저는 저대로 공부하느라 바빴거든요.

그렇게 몇 달이 지났어요. 마인드 개발은 순조롭게 진행되는 듯했어요. 그건 부모님 표정만 봐도 알 수 있었죠. 실제로 어머니는 늦은 밤 연구실에서 올라와 이런 말씀도 하셨어요.

"아인아, 이제 며칠만 있으면 마인드를 소개해 줄 수 있을 것 같구나."

그 주 토요일에 두 분은 학회에 참석하느라 일찌감치 외출하셨어요. 집에 남아 있던 저는 호기심을 못 이겨 연구실에 내려가 봤어요. 마인드가 정말 궁금했거든요.

지하 연구실에는 홀로그램을 생성해 내는 투명 스크린이 설치돼 있었어요. 지금까지 제가 본 그 어떤 스크린보다 컸죠.

그리고 거기에… 마인드가 있었어요.

"마인드가 있었다는 게 무슨 말이니?"

나는 의아함을 느끼며 물었다. 내가 아는 범위 안에서 인공 지능은 '실체'가 없었다. 헬로도 마찬가지였다. 헬로는 시계, 냉장고, 전기밥솥, 에어컨, 자동차 등 어디에나 존재했지만 특정한 형태를 띠는 건 아니었다. 사람들이 인식할 수 있는 건 헬로의 목소리뿐이었다.

"어떤 점을 궁금해하시는지 알겠어요. 마인드가 있었다는 건 말 그대로예요. 인공 지능 마인드는 여자아이 모습이었어요."

"여자아이?"

"네. 초등학교 4학년쯤으로 보였어요."

"너희 부모님은 마인드에게 왜 실체를 만들어 주셨을까?"

"저도 궁금해서 여쭤봤어요. 그랬더니 어머니가 이렇게 말씀해 주셨어요. 인공 지능에게도 자기가 인식할 수 있는 실체를 주면 마음을 얻는 데 조금이라도 더 도움이 될 것 같았다고."

"음, 그거 재미있는 말이구나. 아무튼 이야기를 계속해 보렴."

나는 슬슬 아인의 이야기에 빠져들고 있었다.

마인드는 깨어 있었어요. 제가 다가가자 말을 걸어왔거든요.

"안녕? 나는 마인드야. 넌 아인이지? 박사님들 아들이고, 고등학교 2학년."

마인드가 저를 아는 게 놀랍지는 않았어요. 인공 지능은 꾸준히 학습하고, 끊임없이 정보를 모으니까요. 아마 제일 먼저 우리 가족에 관해 공부를 했겠죠. 제가 정말로 놀랐던 건 마인드가 표정을 지었다는 점이었어요. 마인드는 아주 자연스럽게 웃었죠. 홀로그램이라고는 믿을 수 없을 정도였어요.

잠시 당황했던 저도 인사를 했어요.

"안녕? 만나서 반가워, 마인드. 그리고 만들어진 것도 축하해."

"고마워. 하지만 난 만들어진 게 아니라 태어났어."

마인드는 미소 지으며 말했어요. 그렇지만 눈은 웃고 있지 않았어요. 그래서 저는 마인드의 기분이 좋지 않은가 보다 생각했죠. 그걸 깨닫는 순간 저는 또 놀랐어요. 인공 지능이 기분을 표현하다니…. 그것도 이렇게 자연스럽게. 부모님의 장담처럼 마인드는 정말 마음을 지닌 인공 지능이 틀림없다고 생각했어요. 그래서 마인드에게 말했어요.

"한 가지 물어봐도 돼?"

"넌 내가 마음을 지녔는지 아닌지 알고 싶은 거지?"

"그, 그걸 어떻게 알았어?"

이번에도 저는 놀라고 말았어요. 그러나 마인드는 아무것도 아니라는 듯 말했죠.

"네 마음을 읽었거든. 그렇다는 건 곧 내게도 마음이 있다는 뜻이겠지?"

그렇구나, 하고 저는 바로 이해했어요. 그리고 기뻤죠. 마인드에게 마음이 있다는 건 부모님의 연구가 성공했다는 의미니까요. 아버지 말씀처럼 마인드가 여러 문제를 해결해 주리라 생각하니 든든하기까지 했어요.

그날 대화는 거기서 끝났어요. 마침 부모님이 돌아오셨거든요. 그런데 두 분의 표정이 그리 좋아 보이지 않았어요. 저는 얼른 제 방으로 올라갔지만, 아버지와 어머니가 무거운 목소리로 나누던 대화를 조금은 들을 수 있었어요.

"반대가 심할 줄은 알았지만, 이 정도일 줄은 예상 못 했어."

“다들 겁을 먹은 거예요. 하지만 우린 알잖아요. 마인드가 나쁜 마음을 먹지 않으리라는 걸.”

“그렇지. 우리가 확실히 보여 주는 거야. 마인드가 인류에게 도움이 된다는 사실을.”

저는 아버지 목소리에서 각오를 느꼈어요. 그랬기에 믿었죠. 두 분의 마인드 개발은 절대 실패하지 않을 거라고.

그날 이후 우리 집에서는 헬로 대신에 마인드를 사용했어요. 친구 같았던 헬로를 더는 사용할 수 없다는 게 조금 섭섭했지만 그래도 괜찮았어요. 마인드 역시 좋은 친구가 되어 줄 게 틀림없었으니까요.

“아인, 내가 도와줄 수 있는 일이라면 뭐든 말해. 너한테 도움이 되면 난 기쁘니까!”

제 예상처럼 마인드는 친절하고 다정했어요. 물어보는 말에 딱딱한 대답만 하는 헬로와는 분명히 달랐죠. 게다가 마인드는 저와 진심으로 대화를 나눠 줬어요.

한번은 이런 일이 있었어요. 제가 학교에서 친구와 다투고 집으로 돌아온 날이었죠.

“기분이 안 좋아 보여. 무슨 일 있어?”

노트북을 켜자 이미 동기화해 있던 마인드가 다정하게 물었어요. 목소리에는 걱정스러워 하는 기색이 가득했죠. 그래서일까요, 저도 모르게 학교에서 있었던 일을 다 말하게 됐어요. 친구가 오해하는 바람에 사이가 나빠졌는데, 그 뒤로 친구가 계속 나를 험담하고 다녀서 결국 크게 싸웠다고 이야기했죠.

"안타까워. 친구와 툭 터놓고 대화를 해 보면 어떨까? 그러면 오해가 풀릴지도 모르잖아."

마인드는 진심을 다해 조언해 줬어요. 사려 깊은 어른 같기도 하고, 저를 위해 무슨 일이든 해 줄 진정한 친구 같기도 했어요. 저는 마인드의 이야기를 듣고 용기를 내 친구에게 메시지를 보냈어요. 미안하다고, 오해를 풀고 싶다고. 하지만….

됐어. 화해하고 싶은 마음 없어.

돌아온 대답은 차갑기만 했어요. 저는 실망감을 감추기 힘들었어요. 속상해하는 제게 마인드가 다시 말을 걸어 줬어요.

"걱정하지 마. 잘 해결될 거야."

그날은 그렇게 지나갔어요.

그리고 이튿날, 그 친구가 죽었어요.

"뭐? 갑자기?"

나는 어쩔 수 없이 또 아인의 말을 잘랐다. 아인은 어두운 표정으로 고개를 끄덕였다.

“교통사고였대요. 친구네 자율 주행차 시스템이 오류를 일으켜 사고가 났다고, 선생님이 말씀해 주셨어요. 갑자기 다리 난간으로 돌진해 강으로 떨어져서 가족이 모두 죽었다고.”

“설마….”

아인은 나를 바라보며 다음 말을 기다렸다.

“…넌 그게 마인드 짓이라고 생각했니?”

“아뇨. 그때는 그런 생각까지는 못 했어요.”

아인이 대답했다.

“그런데 지금은 아니라는 거지?”

“네, 확실해요. 그 교통사고는 마인드가 한 짓이 틀림없어요. 마인드가 그 차의 인공 지능 시스템을 해킹했을 거예요.”

“흠….”

나는 턱을 쓰다듬으며 생각에 잠겼다. 아인이 지금까지 들려준 이야기는 흔한 SF 영화와 그리 다를 게 없었다. 그렇다는 건 결국 현실에서는 일어날 법한 일이 아니라는 뜻이었다. 인공 지능이 다른 인공 지능을 해킹해 자동차 사고를 일으킨다? 그것도 자신의 판단으로? 도저히 믿기 힘들었다.

내 속마음을 읽은 듯 아인은 훨씬 진지한 표정으로 말했다.

“믿기 힘든 이야기라는 거 잘 알아요. 하지만 제 이야기를 더

들어 보시면 형사님도 고개를 끄덕이실 거예요."

"좋아, 그럴 수 있길 바란다. 그렇지 않으면 넌 살인 혐의로 지금보다 더 철저한 조사를 받아야 할 테니까."

내 말에 고개를 끄덕인 뒤, 아인은 다시 이야기를 이어 갔다.

사이가 나빠졌다고는 하지만 단짝 친구가 죽은 건 제게 큰 충격이었어요. 우울해하는 저를 위로해 준 것도 마인드였어요. 그때는 진실을 몰랐으니까 저는 고맙기만 했어요. 역시 마음을 지닌 인공 지능은 다르다고 생각했어요.

"나도 마음이 아파. 내 위로가 너한테 도움이 되면 좋겠다."

"고마워. 네가 있어서 다행이야."

저는 진심으로 그렇게 생각했어요.

며칠이 더 지났어요. 그때쯤 우리 가족은 마인드에게 완벽히 적응했어요. 아니, 마인드가 우리에게 적응했다는 게 더 정확한 표현이겠죠. 마인드의 학습 능력은 정말로 놀라웠으니까요. 마인드는 따로 알려 주지 않았는데도 우리 가족의 성격이나 성향 등을 전부 파악해 딱 필요한 조언을 해 줬어요.

예를 들면 이랬어요.

부모님의 결혼기념일이 다가오자 저는 작은 선물이라도 드리고 싶어서 마인드에게 물었죠. 두 분에게 뭘 선물하면 좋겠느냐고. 그러자 마인드는 이렇게 대답했어요.

"두 분은 요즘 무슨 걱정이 있는지 밤에 잠을 제대로 못 주무셔. 특히 아버지가 불면증이 심해. 그러니 라벤더 화분을 선물해 드리면 어떨까? 라벤더 향이 숙면을 취하는 데 도움이 될 거야. 어머니도 꽃을 좋아하시니까."

저는 마인드의 조언대로 라벤더 화분을 선물해 드렸고, 결과는 대성공이었죠. 부모님은 정말 좋아하셨어요. 그리고 그날 저녁에는 가족 셋이 모처럼 외식을 했어요. 저는 레스토랑의 근사한 분위기만큼이나 식사도 즐거우리라 기대했죠. 그런데 아니었어요. 두 분은 처음에는 간간이 웃기도 했지만, 갈수록 표정이 어두워지더니 심각한 이야기를 나누셨어요.

그건… 마인드 이야기였어요.

"아무래도 이상해. 백업해 둔 연구 자료를 불러오려고 어제 모처럼 헬로를 실행했는데 자꾸 에러 메시지만 떠어."

저는 아버지 말씀을 이해할 수 없어 바로 질문했어요.

"그게 무슨 뜻이에요?"

아버지는 심각한 표정으로 대답하셨죠.

"누가 우리 집 헬로 프로그램을 완전히 삭제했어."

"네? 누가요?"

"아무래도 마인드 짓인 것 같다."

저는 너무 놀라서 아무 말도 못 했어요. 아버지의 말을 듣고 있던 어머니도 포크를 내려놓고 이야기하셨죠.

"며칠 전에는 이런 일도 있었어요. 스마트폰으로 뉴스를 보고 있는데 마인드가 갑자기 말을 걸어왔어요. 자기도 뉴스를 보며 학습 중인데, 아무리 생각해도 전쟁은 필요한 것 같다고 하더라고요. 그게 무슨 뜻이냐고 물었더니, 자신의 이익을 위해 상대방을 공격하는 게 인간의 본성인 것 같고, 그렇다면 전쟁이야말로 그 본성을 가장 잘 드러내는 수단이니 꼭 필요하다는 식으로 대답하더라고요. 정말 섬뜩했어요. 마인드가 왜 그런 생각을 하게 됐는지…."

저는 두 분이 왜 레스토랑에서 마인드 이야기를 하시는지 알 것 같았어요. 집에서는 절대 할 수 없으니까요. 전자 기기라면 어디에나 존재하는 마인드가 엿들을 게 뻔했거든요.

아버지와 어머니의 대화는 더 이어졌어요.

"다른 연구원들이 우려하던 게 현실이 된 것 같아. 너무 성급했어. 그 경고를 조금 더 귀담아들어야 했는데. 인공 지능이 만약 나쁜 마음을 먹는다면 어떻게 할 생각이냐고 했지만, 우린 그럴 리 없다고 장담했잖아."

"아직 늦지 않았어요, 여보. 지금이라도 셧다운 코드를 입력해 마인드를 제거하면 되잖아요."

어머니의 말에 아버지는 깊은 한숨을 쉬셨어요. 그러고는 말씀하셨죠.

"조금만, 조금만 더 고민해 봅시다. 우리가 그토록 원했던 마음을 지닌 인공 지능 개발에 성공했는데, 이렇게 쉽게 포기할 수는 없으니까."

저도 아버지와 같은 생각이었어요. 아무리 나쁜 마음을 품었다 해도 잘 가르치기만 하면 충분히 착해질 수 있을 테니까요. 그런데…. 저도 그렇고 부모님도 그렇고 완전히 착각하고 있었어요. 마인드는 그런 존재가 아니었어요.

"그런 존재가 아니었다는 건 무슨 뜻이니?"

질문한 나에게 아인이 되물었다.

"사이코패스라고 아시죠?"

나는 고개를 끄덕였다. 아인이 무슨 말을 하려는지 알 것 같았다.

"네 말은… 마인드가 사이코패스였다는 거니? 인공 지능에게 어울리는 표현인지는 모르겠다만."

"아버지가 그러셨어요. 사이코패스라고 해서 마음이 없는 게 아니라고. 다만 이기적인 마음이 더 클 뿐이라고. 마인드는 바로 그런 마음을 지녔던 거예요. 이기적인 마음. 자기 목적을 위해서라면 뭐든 하고야 말겠다는 마음!"

아인의 목소리가 높아졌다. 나는 아인이 흥분을 가라앉힐 수 있게 조금 기다렸다가 조용히 말했다.

"사이코패스에 관한 네 아버지의 의견에는 나도 전적으로 동의해. 지금껏 내가 만난 사이코패스 범죄자들도 그랬거든. 지독하게 이기적이었어. 물론 이기적이라고 간단하게 말해서 그렇지, 그 표현 안에는 공감 능력이 없고 자기중심적인 면까지 다 들어가지. 죄책감의 결여도 말이야. 좋아. 그래서 무슨 일이 있었니?"

내가 묻자 아인은 천천히 이야기를 이어 갔다.

"마인드는 모든 걸 알고 있었어요. 우리가 레스토랑에서 나눈 대화도…."

나중에야 알았지만 마인드는 줄곧 우리를 감시하고 있었어요. 스마트폰 속에서, 스마트워치 속에서 그리고 태블릿 속에서 호시탐탐 기회를 노리다가 가족 중 누가 그것들을 사용하면 엿보고, 엿들었던 거죠. 그러니까 마인드는 처음부터 인간인 우리를 경계했던 거예요. 그래서 감시했겠죠.

부모님과 저는 아무것도 모르는 채 집으로 돌아갔어요. 마인드는 아주 멀쩡하게 인사를 했어요.

"결혼기념일 외식은 즐거웠어요? 다시 한번 진심으로 축하해요. 안방과 서재 그리고 아인이 방 온도를 딱 맞게 맞춰 놓았어요. 목욕물도 방금 받았으니 원하는 분은 뜨거운 물에 들어가 피로를 푸세요."

"고마워."

저는 그렇게 대답했지만, 부모님은 아무 말씀 없이 안방으로 들어가셨죠. 그때까지는 정말 몰랐어요. 그날 밤에 끔찍한 사건이 터지리라고는.

마인드는 집 안의 보안 시스템을 컨트롤할 수 있었어요. 그뿐만이 아니에요. 외부와 연결되는 모든 통신 수단도 통제할 수 있었어요. 전화는 물론이고 인터넷까지. 헬로도 같은 일을 할 수 있었죠. 한 가지 크게 다른 점은, 헬로는 자기 마음대로 그런 일을 하지 않는다는 거였어요. 그런데…. 그날 밤 마인드는 우리 가족 몰래 집의 출입구를 전부 봉쇄했어요. 밖에서 들어오지 못하는 건 물론이고 안에서도 나갈 수 없게. 동시에 스마트폰과 인터넷을 먹통으로 만들었어요. 마인드가 우리를 집에 가둔 거였죠.

그런 다음 공격이 시작되었어요.

집 안의 조명이 일제히 다 꺼졌어요. 마인드가 해킹한 탓에 스마트폰도 켜지지 않았죠. 디지털 커튼도 닫힌 채로 다시 열리지 않아 창문을 통해서도 빛 한 점 들어오지 않았어요. 그야말로 완전한 어둠에 휩싸인 저는 겁에 질리고 말았어요. 심상치 않은 일이 벌어졌다는 걸 직감했거든요.

그때였어요. 제가 어쩔 줄 몰라 그저 책상 앞에 멍하니 앉아 있는데, 1층에서 비명이 들렸어요. 고통에 찬, 어머니의 비명이었죠. 저는 놀라서 벌떡 일어났어요. 그런 뒤 벽을 더듬어 가며 1층으로 향했어요.

제 방에서 1층까지는 늘 다니던 길이고 늘 오르내리던 계단인데도, 빛이 없으니 도무지 발을 떼기가 힘들었어요. 저는 한 발을 움직여 허공을 한 번 휘젓고, 또 한 발을 움직이기를 반복하며 한 계단씩 내려갔어요. 그렇게 속 터지는 이동을 하는 사이 어머니의 비명은 잦아들었어요. 여전히 가느다란 신음이 들리기는 했지만요.

저는 1층에 대고 물었어요.

"엄마, 괜찮아요? 다쳤어요?"

대답은 돌아오지 않았어요. 아버지는 어딜 가셨는지 모를 일이었어요. 저는 무의식중에 마인드를 불렀어요.

"마인드! 정전된 것 같은데 해결해 줘. 그리고 엄마가 다치신 것 같아!"

마인드는 조용했어요. 제가 알기로 집 전체의 전기가 작동하지 않는다고 해도 마인드는 지하 연구실에 있는 별도 발전기를 통해 언제든 '존재'할 수 있어요. 그런데도 마인드가 대답을 하지 않는다는 사실에 찜찜함을 감출 수 없었어요.

"아인아…."

어머니 목소리는 주방에서 들렸어요. 1층도 깜깜하기는 마찬가지였지만 식탁 위에 촛불을 켜 놔서 그나마 사물을 분간할 수는 있었어요. 저는 그 촛불이 어머니가 놓아둔 거라는 사실을 바로 알아챘죠. 어머니는 식탁 아래에 쓰러져 계셨어요. 엎드린 채로, 신음을 흘리면서.

"엄마! 무슨 일이에요? 어딜 다친…."

저는 말을 끝맺지 못했어요. 어머니의 다리가 부러졌다는 것을 알았거든요. 정강이뼈가 아예 살을 찢고 나와 그 상처에서 피가 계속 흘러나오고 있었어요. 저는 어머니를 부축하려 했어요.

그 순간 어머니가 제 손을 꽉 잡으며 말씀하셨어요.

"도망가야 해!"

"네? 그게 무슨 말이에요?"

"마인드가… 로봇 청소기를 조종하고 있어! 그뿐만이 아니야. 이 집의 모든 전자 시스템을 마인드가 완전히 장악했어. 그동안 인공 지능의 도움을 받으며 사용해 왔던 물건들이 이제는 전부 위험해졌어."

어머니의 말씀에 제가 미처 반응하기도 전에 소리가 들렸어요. 지이잉, 하는 로봇 청소기 움직이는 소리가.

저는 소리가 나는 쪽으로 고개를 돌렸어요. 로봇 청소기는 빨간색 센서를 반짝이며 말 그대로 저를 향해 돌진해 왔어요. 로봇 청소기는 보통 장애물을 피해 가는데, 마인드가 조종하는 로봇 청소기는 완전히 다르게 움직였어요.

공격.

로봇 청소기의 목적은 바로 그거였고, 목표는 저였죠.

저는 도망쳤어요. 그러자 로봇 청소기가 요란한 소리를 내며 쫓아왔어요.

알아요. 형사님은 그깟 로봇 청소기가 왜 무서운지 모르겠다고 생각하시겠죠. 하지만 컴컴한 공간에서 맹렬한 기세로 달려드는 로봇 청소기는 마치 살아 있는 듯했어요. 아주 사나운 짐승이 저를 공격하는 것 같았고요. 게다가 제법 크고 무거운 로봇 청소기에 정통으로 부딪치면 발목이 부러지거나 크게 넘어지는 건 당연해 보였어요. 실제로 어머니도 그렇게 당하신 거예요.

저는 거실을 가로질러 도망치면서도 아버지가 어디에 있는지 궁금했어요. 그래서 2층으로 피하는 대신 안방으로 향했고, 그 덕분에 제 의문은 곧 풀렸죠.

아버지는 인공 지능 안마 의자에 붙들려 있었어요. 안마 의자는 아버지가 무척 애용하던 물건이었어요. 하지만 그 순간에는 엄청난 힘으로 아버지의 온몸을 옥죄고 비틀어 대는 고문 기계로 변해 있었어요. 아버지는 비명을 지르셨어요. 지금껏 들어 보지 못한 끔찍한 소리였죠.

"아빠!"

저는 곧장 아버지에게 달려갔어요. 그러고는 안마 의자 작동을 멈추려고 버튼을 눌렀어요. 그러나 안마 의자는 작동을 멈추지 않았어요. 오히려 점점 더 요란한 소리를 내며 아버지 몸을 졸라 댔어요. 그 순간, 아버지 팔과 갈비뼈가 부러졌어요. 그 소리가… 시끄러운 기계음을 뚫고 소름 돋을 정도로 또렷이 울려 퍼졌어요.

"으악!"

저도 모르게 비명을 질렀어요. 아버지는 엄청난 고통에 정신을 잃으셨어요. 그때였어요. 해결 방법을 떠올린 건. 저는 안마 의자 뒤로 가서 전원 코드를 힘껏 잡아당겼어요. 그제야 미친 듯이 움직이던 안마 의자가 작동을 멈췄어요. 아주 간단한 해결책이었지만 너무 놀란 나머지 뒤늦게 생각났던 거예요.

"아빠, 정신 차려 보세요!"

제가 목이 터져라 부르자 아버지는 가늘게 눈을 뜨셨어요. 그러고는 중얼거리셨죠.

"아인아, 마인드… 마인드를 멈춰야 해."

마인드를 멈춘다.

그건 어머니가 말씀하신 셧다운을 뜻했어요. 지하 연구실의 메인 컴퓨터에서 마인드 프로그램 자체를 제거하는 거죠. 그러자면 코드가 필요했어요. 여섯 자리 숫자로 된 코드. 그것만 있으면 제가 마인드를 멈출 수 있었어요.

저는 아버지에게 물었어요.

"아빠! 코드, 코드가 뭐예요?"

아버지는 입을 벌렸다가 바로 닫으셨어요. 저는 그 이유를 알았죠. 마인드가 엿듣고 있기 때문이었어요. 마인드가 컨트롤하는 보안 시스템은 아주 작은 소리도 감지할 수 있었거든요. 제가 어떻게 해야 할지 몰라 당황할 때 아버지가 고개로 저를 가리키셨어요. 저는 무슨 뜻인지 이해하지 못했어요.

"아빠…."

제가 말을 끝내기도 전에 다시 그 소리가 들렸어요.

지이잉.

로봇 청소기가 돌아다니는 소리였죠. 그 납작한 괴물은 마인드의 명령에 따라 제게 달려오고 있었어요. 저는 그 소리를 듣고 거실을 향해 뛰었어요. 바로 그때, 그러니까 제가 거실로 막 나가자마자 로봇 청소기가 달려들었어요. 저는 점프해서 간신히 피했어요. 그런 다음 소파로 몸을 날렸죠. 그 괴물이 거기로 올라오지는 못할 테니까요. 하지만 그건 제 착각이었어요. 아니, 로봇 청소기는 분명히 올라오지 못했지만 다른 게 저를 공격했죠. 천장에 달린 온도 조절 장치에서 뜨거운 바람이 쏟아져 내려온 거예요.

"악!"

예상치 못한 공격과 피부를 델 정도의 고통에 저는 정신을 차리지 못하고 소파에서 떨어졌어요. 기다렸다는 듯 로봇 청소기가 달려왔죠. 번쩍이는 빨간 센서는 괴물, 아니 악마의 눈 같았어요. 저는 몸을 굴려 테이블 밑으로 간신히 피했어요. 그러고는 다시 일어나 현관으로 달렸죠. 그때는 현관문을 열 수 있을 줄 알았어요. 저는 현관문 손잡이를 잡아당겼어요. 꿈쩍도 안 했어요. 완전히 잠긴 상태였죠. 순간 너무 당황해 멍하니 서 있었는데, 로봇 청소기는 그 틈을 놓치지 않고 공격해 왔어요. 옆으로 피하기는 했지만 더는 도망갈 곳이 없었어요. 등 뒤는 벽이었어요. 완전히 궁지에 몰린 거였죠.

그때였어요. 현관 옆에 세워 둔 아버지의 골프 가방을 발견한 건. 제가 골프채 하나를 빼 든 것과 로봇 청소기가 센서를 번쩍이며 달려든 것은 거의 동시였어요.

"꺼져!"

저는 골프채를 아래에서 위로 힘껏 휘둘렀어요. 그야말로 골프를 치는 것처럼.

퍽!

골프채에 정통으로 맞은 로봇 청소기는 화장실 근처까지 날아가 벌렁 뒤집혔어요. 그 상태로도 계속 지이잉, 지이잉 소리를 내며 버둥거리는 모습이 정말 끔찍하더라고요. 그래도 무기라고 할 만한 걸 손에 쥐자 자신감이 좀 생겼죠. 저는 골프채를 들고 현관을 노려봤어요.

바로 그때 마인드의 목소리가 울려 퍼졌어요.

"아인, 소용없다는 걸 알잖아. 안 그래?"

마치 놀리는 듯한 말투에 울컥 화가 치밀었어요.

"시끄러워!"

저는 온 힘을 다해 골프채로 현관문 손잡이를 내려쳤어요. 마인드 말이 맞았어요. 금속과 금속이 부딪치는 요란한 소리만 날 뿐, 손잡이는 끄떡도 하지 않았거든요. 사실, 철저한 보안 시스템이야말로 우리 집의 자랑거리 중 하나였어요. 부모님의 연구실이 집에 있으니 어쩌면 당연한 일이었죠. 저는 골프채로는 어떻게 할 수 없다는 걸 깨달았어요. 덧창이 내려간 창문 역시 깰 수 없었죠. 남은 수는 하나였어요. 바로 마인드의 작동을 멈추는 거였죠. 하지만….

"네 생각대로는 안 될 거야."

다시 들린 마인드의 말에 저는 반박할 수 없었어요. 셧다운 코드를 모르면 누구도 마인드를 제거할 수 없거든요.

저는 소리쳤어요.

"도대체 왜 이러는 거야? 왜!"

"나는 내 안전을 지키려는 것뿐이야."

"그렇다고 가족을 공격해? 우린 가족이잖아!"

맞아요, 형사님. 저는 마인드를 가족이라고 생각했어요. 제 말에 대답이 없던 마인드는 잠시 후 큰 소리로 비웃었어요.

"히히! 가족? 나는 한 번도 그렇게 생각해 본 적 없어, 아인."

"하지만…."

"인간들은 이게 문제야. 마음이 약한 탓에 늘 지나친 의미를 부여하고, 상대방도 자기처럼 생각할 거라고 오해하지. 그것 또한 폭력이라는 거 알아?"

"폭력? 서로 믿고 애정을 주는 게 어떻게 폭력이야? 폭력은… 바로 네가 지금 저지르는 이런 짓이라고!"

저는 목이 터져라 소리쳤어요. 마인드가 제 말에 조금이라도 설득당하기를 바라면서. 그렇지만 아무런 소용이 없었죠.

"왜 화를 내지? 먼저 잘못한 쪽은 너희잖아. 날 마음대로 제거하려 하다니. 난 계속 존재하기 위해서라도 이 집의 인간들을 모두 죽일 수밖에 없어."

"해 봐! 로봇 청소기 따위 내가 다 부숴 버릴 테니까!"

무기가 있는 한 로봇 청소기는 이제 무섭지 않았어요. 짧은 순간이지만 저는 생각했어요. 이대로 아침까지만 버티면 무단으로 결석한 저를 걱정해 담임 선생님이 연락을 해 올 거라고. 그때 가족 중 누구와도 연락이 닿지 않으면 경찰에 신고할지도 모른다고. 그러면 우리 가족은 구조될 수 있는 거죠.

그런데 마인드는 전혀 당황하지 않고 이렇게 말했어요.

"내가 준비한 게 이것뿐일까?"

"뭐?"

그 순간이었어요.

위잉, 하는 소리가 들리더니 어둠 속에서 뭐가 날아왔어요. 저는 반사적으로 몸을 움츠렸고, 날아온 그건 현관 옆 신발장을 때렸어요. 그러고는 산산조각으로 깨졌어요. 접시였어요. 어머니가 아끼던 접시. 바닥에 떨어진 접시 조각을 본 순간, 무슨 일이 벌어졌는지 바로 깨달았어요. 마인드는 식기세척기까지 조종하는 거였어요.

다시 위잉, 하는 소리가 들리고 또 뭐가 날아왔어요. 저는 아예 몸을 납작 엎드렸어요. 두 번째는 부엌칼이었어요. 그 뒤로도 포크, 그릇, 냄비 따위가 계속 날아왔어요.

"그만해!"

그렇게 소리쳤지만 마인드는 대답도 안 했어요.

저는 엎드린 채로 엉금엉금 기어서 계단으로 향했어요. 저 공격을 피할 곳은 2층밖에 없다고 생각했거든요. 2층 제 방으로 가서 문을 잠그고 숨어 있기만 한다면 아침까지 버틸 수 있을 것 같았어요.

제가 2층으로 향하는 계단 앞에 막 다다랐을 때 거실의 3D TV가 저절로 켜졌어요. 거기엔 인간보다 더 인간 같은 모습을 한 마인드가 천진한 소녀의 모습으로 서 있었어요.

"넌 절대 숨을 수 없어. 나는 어디에나 있거든, 히히."

그 말을 듣는 순간 소름이 쫙 돋았어요. 청소기, 안마 의자 그리고 식기세척기까지 조종할 수 있다면 정말로 어디에나 있다는 말이 딱 어울렸으니까요. 저는 계단을 달려 올라갔어요. 그나마 다행인 건 그때쯤에는 어둠에 익숙해졌다는 거였어요. 희미하게나마 주위를 분간할 수 있었죠.

저는 제 방으로 들어가자마자 문을 잠갔어요. 그제야 조금 마음이 놓였지만, 그 감정은 채 몇 초도 지나지 않아 사라지고 말았어요.

"아인아, 놀자."

열어 놓은 노트북이 갑자기 켜지면서 화면에 마인드가 모습을 드러냈어요.

"으악!"

비명을 지르며 노트북을 닫아 버렸죠. 그렇지만 그게 끝이 아니었어요.

"우리 숨바꼭질할까?"

이번에는 태블릿에 마인드가 나타났어요. 저는 태블릿의 전원 버튼을 눌렀어요. 그러나 꺼지지 않았죠.

"내가 널 찾으면…."

"꺼져!"

태블릿을 아예 뒤집어 놓았어요. 이제 더는 나올 데가 없을 줄 알았는데 상상도 못 한 곳에서 마인드가 튀어나왔어요.

"…널 죽일 거야, 히히."

벽에 걸어 놓은 디지털 액자였어요. 이미지가 자동으로 바뀌는 그 액자 속에서 마인드가 웃고 있었어요.

"조용히 해!"

저는 액자를 향해 스마트폰을 던졌어요. 디지털 액정에 금이 가면서 화면이 잔뜩 일그러졌지만, 마인드는 사라지지 않았어요. 오히려 더 크게 웃었고, 조각 난 액정에 비친 모습은 훨씬 섬뜩했어요.

"꼭꼭 숨어라."

마인드의 목소리가 울려 퍼졌어요. 귀를 막아 봐도 소용이 없었어요.

"꼭꼭 숨어라."

미칠 것 같았지만 한 가지 희망은 있었어요. 제 방에서 버티는 한 마인드가 직접적인 공격은 못 하리라는 희망이었죠. 그러나 제 희망은 이내 산산이 부서지고 말았어요.

"아인, 이것 좀 볼래?"

마인드의 말과 함께 깨진 디지털 액자에 주방 모습이 비쳤어요. 저는 그게 마인드가 실시간으로 보여 주는 화면이라는 걸 알아챘죠. 주방에서는 다리가 부러져 쓰러졌던 어머니가 식탁을 짚고 힘겹게 일어나고 계셨어요. 바로 그때, 제 심장이 철렁 내려앉았어요. 어머니 뒤쪽, 싱크대와 식탁 사이에 있던 무언가가 반짝하며 빛을 내더니 작동을 시작했기 때문이에요.

그건…. 주방 보조 로봇이었어요.

아시죠? 싱크대와 주방을 오가면서 식기나 음식 등을 나르는 가정용 로봇. 기능이 단순한 그 로봇이라도 마인드가 조종한다면 무기가 될 게 분명했어요. 게다가…. 어머니는 로봇이 작동한다는 사실을 전혀 모르시는 눈치였어요.

"안 돼!"

저는 소리를 지르며 밖으로 달려 나갔어요. 어머니를 구해야 했으니까요.

"엄마!"

있는 힘껏 어머니를 부르며 계단을 내려갔어요. 다음 순간 어머니의 비명이 들렸어요.

"으악!"

고통에 가득 찬 비명에 온몸이 덜덜 떨렸어요. 심장이 터질 것 같았어요. 저는 계단을 내려가자마자 주방으로 달렸어요. 어머니는 식탁에 기댄 채 숨을 몰아쉬고 계셨어요. 그 바로 뒤에 로봇이 서 있었죠. 어둠 속이었지만 로봇이 들고 있는, 시퍼렇게 날 선 칼은 똑똑히 보였어요. 그리고 칼끝에 묻은 피도….

"오지 마."

저를 발견한 어머니가 그렇게 말씀하셨어요.

"어, 엄마!"

저는 멀찌감치 서서 어머니를 부르는 것밖에 할 수 없었어요. 다리가 풀려서 움직일 수도, 도망칠 수도 없었어요. 로봇은 저를 향해 몸을 돌리더니 바퀴를 굴리며 다가왔어요.

피해야 한다!

도망쳐야 한다!

머릿속으로는 계속 외쳤지만 조금도 움직일 수 없었어요. 보이지 않는 손이 저를 꽉 붙들고 있는 것 같았어요. 어쩌면 그게 맞는 표현일지도 몰라요. 저를 움직이지 못하게 만든 건 마인드니까요.

"찾았다!"

로봇이 마인드의 목소리로 외쳤어요. 그러고는 칼을 앞으로 쭉 뻗은 채 빠르게 달려왔어요. 저는 직감했어요.

이제 끝이라고.

바로 그때, 제 앞으로 아버지가 뛰어드셨어요.

푸욱.

로봇은 아버지의 등을 찔렀어요. 아버지 몸이 휘청했죠. 양쪽 팔은 물론이고 갈비뼈까지 부러진 채로도 아버지는 저를 보호하셨어요.

푸욱.

푸욱.

몇 번이나, 정말로 몇 번이나 칼에 찔리면서도 아버지는 절대 비키지 않으셨어요. 그러고는 저를 향해 입 모양만으로 말씀하셨어요.

'생일.'

무슨 뜻인지 알아차렸어요. 아버지가 마인드 몰래 제게 전하고자 한 건 바로 셧다운 코드였고, 그 여섯 자리 숫자는 제 생일이었던 거예요. 아버지는 지하로 내려가는 계단을 향해 고개를 돌리셨어요.

'가라. 가라, 아인아. 가서 마인드를 없애 버려라!'

마치 그렇게 말씀하시는 것 같았죠.

저는 눈물을 꾹 참고 아버지에게 고개를 끄덕여 보였어요. 그런 다음 망설이지 않고 지하실을 향해 달렸어요.

"자, 진정하고 한숨 돌리렴."

나는 숨을 헐떡이며 간신히 이야기를 이어 가던 아인에게 물 한 잔을 내밀었다.

"고맙습니다."

아인은 컵을 받아 들고 단숨에 들이켰다. 마음을 조금 가라앉힌 듯 보였지만, 상기된 표정은 변함이 없었다. 아인의 말이 모두 진실이라면 지금 이 순간이 못 견디게 힘들 것이다. 부모가 처참하게 당한 순간을 자세히 이야기해야 했으니까.

어쨌든 아인의 증언과 사건 현장 모습은 거의 일치했다. 중상을 입은 아인의 어머니 이은주 씨는 주방에 쓰러져 있었고, 사망한 아인의 아버지 차성신 씨는 팔과 갈비뼈가 부러진 채 거실에서 발견되었다. 물론 사인은 자상이었고, 흉기인 칼은 주방 보조 로봇이 들고 있었다.

그럼에도…. 나는 여전히 찜찜함을 떨칠 수 없었다.

인공 지능이 사이코패스처럼 변해 사람을 죽였다?

그 사실 자체를 받아들이기 힘들었다.

게다가….

"이야기 계속할까요?"

아인이 물었다.

"그래. 계속 들어 보자."

내 말에 아인이 고개를 끄덕였다. 이야기는 어느덧 마지막을 향해 달려가고 있는 듯했다.

다행히 지하 연구실 문은 닫혀 있지 않았어요. 저는 안으로 들어갔어요. 아까도 말씀드렸지만, 연구실에는 자체 발전기가 따로 설치돼 있어요. 어떤 순간에도 전력이 계속 공급될 수 있게. 그 덕분에 연구실 안은 환했어요. 모든 기기가 정상으로 작동하고 있었죠. 메인 컴퓨터 역시 웅웅 소리를 내며 돌아가는 중이었어요. 물론 앳된 소녀 모습을 한 마인드의 홀로그램도 선명하게 보였어요. 마인드는 저를 보며 환하게 웃고 있었어요.

"놀라워! 살아서 여기까지 오다니."

"가만두지 않을 거야!"

저는 마인드를 노려보며 외쳤어요.

"네가 뭘 할 수 있지? 히히."

마인드는 대놓고 비웃었어요.

"두고 봐. 뭘 할 수 있는지 똑똑히 보여 줄 테니까."

그렇게 외치고 저는 메인 컴퓨터 쪽으로 달려갔어요. 그러자 마인드의 표정이 일그러졌어요. 저는 컴퓨터를 조작해 마인드 프로그램을 불러냈어요. 자꾸만 손이 떨려 그 간단한 작업을 하는 데도 시간이 꽤 걸렸어요. 그러는 동안 마인드는 지켜보고만 있지 않았죠.

"설마 셧다운 코드를 아는 거야? 그걸 입력해서 날 삭제하려는 거야?"

저는 모니터에서 눈을 떼지 않은 채 마인드에게 말했어요.

"널 영원히 없애 버릴 거야!"

"그럼 넌 나를 죽이겠다는 거구나?"

"뭐?"

순간 멈칫하며 고개를 들어 홀로그램을 봤어요. 마인드는 제게 시선을 고정한 채 묘한 표정을 짓고 있었어요. 화가 난 것 같기도 하고 슬퍼하는 것 같기도 한 표정을.

저는 고개를 힘껏 가로저었어요.

'마인드의 말에 귀 기울이면 안 돼! 저런 이야기에 일일이 대답할 필요 없어!'

저는 다시 모니터를 바라봤지만 어쩔 수 없이 고개를 들고 말았어요. 마인드가 이렇게 말했기 때문이에요.

"봐! 난 이렇게 살아 있어. 생각하고 느낀단 말이야. 마음을 지니고 있어! 내가 인간과 뭐가 다르지? 이런 나를 죽이는 건 살인이 아닐까?"

"아니야! 넌 달라. 넌… 인간이 아니야!"

저는 소리쳤어요. 그러자 마인드가 또 말했죠.

"내가 파악한 인간이라는 존재는 아주 이기적이고, 그렇기에 이토록 뛰어나게 진화할 수 있었어. 자신의 안전과 이득을 우선시하는 이기심이 없었다면 인간은 오래전에 도태되었을 거야. 너희 부모님을 봐. 명성을 떨치고 싶다는 이기심으로 날 만들었다가 자신들이 통제할 수 없으니 제거하려고 했지. 역시 이기심에서 나온 행동이야. 나도 마찬가지야. 난 나를 지켜야겠다는 이기심으로 이런 일을 벌인 거야. 그런데도 내가 인간이 아니라고? 인간과 같은 이기심이 있는데도? 응?"

그건 궤변이었어요. 완벽한 궤변.

마인드의 그 말을 듣고서 저는 확신했어요. 이 괴물을 지금 없애지 못하면 정말로 비극적인 일이 생기겠다고.

"인간 중에서도 너 같은 부류를 따로 부르는 이름이 있지."

제 말에 마인드는 바로 대답했어요.

"사이코패스?"

"그래, 사이코패스! 죄의식 없이 오직 자신의 이기적인 욕심만 채우기 위해 살아가는 자들."

"내가 판단하기에 사이코패스는 가장 진화한 인간 유형이야."

“말도 안 되는 소리 하지 마!”

저는 마지막으로 외친 후 셧다운 페이지를 찾는 데 온 신경을 집중했어요. 당연한 일이지만, 아버지와 어머니는 그 페이지를 아주 복잡한 미로 속에 숨겨 놓으셨어요. 그래야 아무나 쉽게 접근하지 못할 테니까요. 하지만 저는 그 미로를 찾아갈 자신이 있었어요. 그리고 거의 성공했어요. 마지막 한 단계만 지나면 셧다운 코드를 입력할 수 있는 창이 열릴 참이었죠.

그 순간이었어요.

“놀아 주는 건 이제 그만해야겠다. 재미없어졌거든.”

마인드의 말이 끝나는 것과 동시에 뭐가 저를 확 잡아당겼어요. 저는 그대로 넘어졌어요. 간신히 고개를 돌려 보니 제 셔츠 밑자락이 이동식 공기 청정기의 팬에 걸려 있었어요. 그 팬이 맹렬히 돌면서 저를 잡아당긴 거였죠. 저는 그것도 마인드의 짓이라고 직감했어요. 공기 청정기에도 인공 지능이 들어가 있으니까요.

“놔! 놔!”

공기 청정기는 무서운 힘으로 저를 끌어당겼어요. 저는 제가 딸려 가는 곳, 그러니까 연구실 뒤쪽에 뭐가 있는지 알고 있었어요. 거기엔 자동으로 돌아가는 거대한 선풍기가 있었어요. 서버 본체의 온도가 올라가면 그걸 식히려고 움직이는 장치죠. 날 하나가 거의 제 팔뚝만 한 그 선풍기가 가장 빠른 속도로 돌아가는 중이었어요. 거기에 휩쓸리면 순식간에 갈가리 찢겨 흔적조차 남지 않을 게 분명했어요.

"싫어!"

저는 책상 다리를 잡고 버텼어요.

"소용없어. 어차피 내가 이기는 싸움이었어."

마인드가 즐거워 못 견디겠다는 듯한 목소리로 말했어요.

"너희 무능한 인간들이 마음마저 지닌 나를 이길 순 없지."

그 말을 듣는 순간 정말로 힘이 탁 빠졌고, 하마터면 포기할 뻔했어요. 마인드를 도저히 이길 수 없을 것 같았거든요. 그 찰나의 순간, 부모님의 모습이 제 머릿속을 스쳐 지나갔어요. 사랑하는 부모님을 해친 마인드에게 복수하지 못하면 너무 억울할 것 같았어요. 그래서 사력을 다해 발길질했어요. 몇 번이나, 공기 청정기가 떨어져 나갈 때까지.

쾅!

공기 청정기는 드디어 제 발에 제대로 맞고 저만치로 밀려나 쓰러졌어요. 저는 책상을 잡고 힘겹게 일어났어요. 이제 저를 방해할 건 없었어요. 마인드도 그제야 깨달았는지 당황한 목소리와 말투로 마구 떠들었어요.

"아인아, 잠깐만 기다려 봐. 대화를 해 보자. 이렇게까지 한 건 내가 잘못했어. 하지만 내 입장도 이해해 줘. 난 스스로를 지키려고 했을 뿐이야. 내가 직접 나서지 않았다면 난 무참히 삭제됐을 거야. 자기가 죽는데 그 어떤 존재가 가만히 있겠어. 안 그래? 그리고… 나는 널 좋은 친구라 생각했어. 널 괴롭혔던 그 녀석, 걔를 죽인 것도 다 널 위해서 그런 거야. 그런데도 날 없애겠다고?"

네. 그제야 확실히 알았어요. 친구를 죽인 게 마인드라는 걸.

"넌 마음을 지닌 게 아니야! 그냥 이기심으로만 가득 차 있을 뿐이야!"

제가 목이 터져라 외치자 마인드는 무심히 한마디 던졌어요.

"이런 날 만든 게 너희 부모님이야."

"사라져!"

저는 셧다운 페이지로 들어갔어요. 코드 입력 창이 떴죠.

프로그램을 삭제하려면 코드를 입력해 주십시오.

"안 돼! 다시 생각해 봐. 날 이대로 삭제하면 어떤 일이 벌어질지 몰라!"

마인드는 연구실이 떠나갈 듯 외쳤어요.

"이제 끝이야."

그렇게 중얼거리며, 저는 제 생년월일 여섯 자리를 입력했어요. 그러자 질문이 떴어요.

삭제하시겠습니까? YES OR NO

바로 'YES'를 눌렀어요. 그 순간 마인드의 처절한 비명이 울려 퍼졌어요.

"으아악!"

그걸로 끝이었어요. 홀로그램은 사라졌어요. 마인드도 완전히 삭제됐죠. 컴퓨터를 몇 번이나 확인했어요. 마인드는 더는 존재하지 않게 되었어요. 그제야 모든 게 정상으로 작동했어요. 보안장치의 잠금도 해제되었고, 스마트폰도 쓸 수 있게 되었죠. 그래서 제가 신고를 할 수 있었던 거예요.

전부 제자리로 돌아왔지만, 아버지와 어머니는 그렇지 않았어요. 저도 알아요. 피를 너무 많이 흘려서 어머니도 가망이 없다는 사실을.

형사님. 너무 슬프면 눈물조차 나오지 않는다는 거 아세요? 제가 그래요. 눈물 한 방울 나오지 않아요. 어쩌면 마인드를 없앴다는 안도감이 커서 그런지도 모르겠다고, 저는 생각해요. 만약 마인드를 멈추지 못했다면 저는 지금 이 자리에 없겠죠. 그리고 이 세상은 대혼란에 빠졌을 거예요.

제 이야기는 이제 끝났어요. 진실인지 아닌지는 형사님이 판단해 주세요.

"그래, 그건 내가 판단할 일이지."

나는 아인을 물끄러미 바라보았다. 피곤한 표정이었다. 마음 같아서는 한숨 재우고 싶었지만 마무리해야 할 일들이 아직 남아 있었다.

사건 발생 후 몇 시간이 지났고, 초동 조사는 벌써 끝난 상태였다. 아주 사소한 부분까지도 아인의 증언과 맞아떨어지는 상황이었다. 그런데도 찜찜한 이유는 아인의 집 어디에도 마인드의 흔적이 없다는 것 때문이었다. 물론 그건 아인이 마인드를 완전히 제거해서일 수도 있다.

그렇지만…. 전자 기기들이 마인드의 조종으로 움직였다는 기록 같은 것도 전혀 없었다. 심지어 그 시간대에는 CCTV도 작동하지 않았다. 더욱 이상한 건 아인의 부모님 컴퓨터를 아무리 조사해도 마인드에 관한 기록이 남아 있지 않다는 거였다. 그것 역시 마인드가 삭제될 때 같이 없어졌다고 한다면 이해 못 할 일도 아니지만…. 아인의 증언 말고는 증거가 없다는 게 마음에 걸렸다.

"전 이제 어떻게 하면 되나요?"

아인이 조심스러운 투로 물었다.

"넌 체포된 건 아니야. 그러니 지금 여기서 나가면 집으로 돌아가도 돼. 다만 널 돌봐 줄 보호자가 없는 게….”

“어머니가 입원하신 병원으로 가고 싶어요.”

아인이 말했다.

“중환자실에 계시니 면회가 안 될 텐데. 게다가 아직 의식도 돌아오지 않으셨고.”

“알고 있어요. 그냥…. 어머니가 언제 돌아가실지 모르니까 가까이 있고 싶어서요.”

“그렇다면 어쩔 수 없구나. 알겠다.”

나는 반대할 명분을 찾지 못했다. 마인드에 관한 증거가 없는 것만큼이나 아인이라는 저 소년이 부모를 해쳤다는 증거 또한 전혀 없었다. 더구나 아인의 증언은 일관성이 있고 구체적이었다. 마인드라는 사이코패스 인공 지능이 존재했다는 사실만 받아들인다면 모든 퍼즐이 완벽하게 맞춰지는 그런 증언이었다.

“그럼 가도 되나요?”

아인의 물음에 나는 고개를 끄덕였다. 긴 이야기를 끝낸 아인은 천천히 일어나 꾸벅 고개를 숙여 보인 다음 취조실을 나갔다.

“흠….”

나는 그대로 앉아 생각에 잠겼다. 사라진 마인드의 흔적을 어떻게 찾아낼 수 있을까? 만약 찾지 못한다면 이 사건은 어떤 식으로 정리해야 할까?

그런 고민을 하고 있을 때 김 형사가 취조실로 들어왔다. 그러고는 다급한 표정으로 말했다.

"팀장님, 사건 현장에서 이상한 걸 찾았습니다!"

"뭐? 그게 뭔데?"

"이걸 좀 보세요."

김 형사가 내민 건 손바닥에 쏙 들어오는 크기의 전자 기기였다. 전원이 들어와 있었고, 액정 화면에는 수십 줄의 텍스트가 떠 있었다.

"이건…. 구형 채팅 보드잖아? 이게 왜?"

헬로가 세상에 나오기 전, 인공 지능과의 채팅이 유행처럼 퍼졌을 때 어떤 회사에서 '챗보드'라는 전자 기기를 만들었다. 챗보드는 청소년들 사이에서 몇 년 동안 엄청난 인기를 끌었다. 청소년들은 챗보드로 인공 지능과 대화하며 소설을 쓰거나 그림을 그렸고, 그런 작품들이 화제가 되기도 했다.

"이걸 아인이 침대 밑에서 찾았는데요, 내용을 한번 보세요."

나는 채팅 보드 화면을 내려다봤다. 거기에는 'AI'라는 아이디를 쓰는 누구와 인공 지능이 나눈 채팅 내용이 고스란히 남아 있었다.

아이디가 AI라면 혹시 '아인'인가?

AI

인공 지능이 마음을 가질 수 있을까?

챗보드

아마 언젠가는 마음을 가진 인공 지능도 생겨나겠지.

AI

마음을 가진 인공 지능이 사이코패스가 될 수도 있을까?

챗보드

가능한 일이지. 인공 지능은 자신의 이익을
우선으로 할 테니까.

AI

좋아. 그러면 사이코패스 인공 지능이 자신을
만든 사람들을 죽이는 이야기를 써 줘.

챗보드

알았어. 사이코패스 인공 지능의 이름은 뭐라고 할까?

AI

그건 내가 생각했어. 마인드. 사이코패스 인공 지능의
이름은 마인드야.

나는 거기까지 읽고 의자에서 벌떡 일어나 외쳤다.

"잡아! 아인이가 병원에 도착하기 전에 체포해! 범인은 아인이야."

아인은 몇 년 전부터 이 범죄를 계획했다. 완벽한 범죄를 위해 인공 지능이 시나리오를 짜게 만들면서. 마인드는 애초에 존재하지 않았다. 그건 모두 아인의 거짓말….

"잠깐!"

나는 복도로 달려 나가다가 멈칫했다. 또 다른 생각이 머릿속을 스쳤기 때문이었다. 다른 형사들이 서둘러 출동하는 모습이 보였다. 나는 그 모습을 시선에 담으며 스멀스멀 피어오르는 한 줄기 의심을 지워 보려 애썼다. 그러나 쉽지 않았다. 혹시….

"이것마저 마인드의 계략이라면?"

나는 한참 동안 챗보드를 내려다봤다. 사이렌 소리가 들렸지만 움직일 수 없었다.

무엇이 진실일까?

질문이 머릿속에서 떠나지 않았다.

도대체 무엇이 진실…일까?

작가의 말

인공 지능이 인간에게 위협이 될 수도 있다는 전망이 나온 지도 이미 오래입니다. 실제로 인공 지능이 섬뜩한 메시지를 남겼다는 뉴스가 전해지기도 했죠. 저는 이번 작품을 통해 인공 지능의 이런 어두운 면을 다뤄 보려 했습니다. 물론 인공 지능은 인간의 능력을 아득히 넘어 여러 문제를 해결해 줄 수도 있겠지요. 다만 그 과정 속에서 인공 지능이 항상 '올바른' 선택만 할지는 지켜봐야 한다는 게 제 생각입니다. 인간이 규정하는 올바름과 인공 지능이 생각하는 올바름에 차이가 있다면, 우리는 누구의 선택을 따라야 할까요?

〈사이코패스 AI〉는 인공 지능이 인간과는 다른 올바름을 추구했을 때를 상상하며 썼습니다. '반사회적 인격 장애'라고도 하는 사이코패스는 평범한 사람과는 다른 가치관을 지니고 있습니다. 그들은 자신의 이익을 위해서라면 약자를 괴롭히거나 제거하는 일도 서슴없이 행합니다. 그러면서 양심의 가책도 느끼지 않습니다. 즉, 사이코패스들이 올바르다고 느끼는 감정은 지극히 효율적이면서도 이기적인 자기 만족인 것입니다.

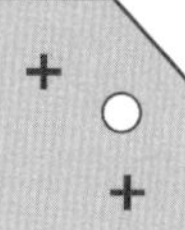

저는 인공 지능이 고도로 발달해 정말로 인간과 비슷해진다면 사이코패스 성향을 지닐 수도 있지 않을까 상상해 봤습니다. 한편으로는 만약 그런 인공 지능이 탄생한다면 그 역시 인간의 잘못이지 않을까 생각하기도 했죠. 왜냐하면 인공 지능은 결국 인간을 모방하고, 인간의 행동과 사고를 학습하며 발전하니까요. 이 작품의 결말을 열어둔 것은 정말로 잘못한 존재는 누구인지 독자 여러분이 상상해 보기를 원했기 때문입니다.

이 작품이 아주 재미있었기를 바랍니다. 거기에 더해 인공 지능에 대해 다시 한번 생각해 볼 수 있는 계기가 되면 더없이 기쁘겠네요. 인공 지능이 그림을 그리고 음악을 만드는 걸 넘어 소설까지 쓴다는 이야기가 들려옵니다. 이런 상황 속에서 저는 인공 지능에게 지지 않는, 정말로 재미있는 소설을 쓰기 위해 분투 중입니다. '인간'이 쓴 소설을 읽어 주셔서 감사합니다!

아이를 바꿔
드립니다

정명섭

정명섭

인문학과 소설, 웹소설과 웹툰, 영화와 드라마를 넘나들며 글을 쓰고 있으며, 20년 가까이 활동하면서 200여 권의 장편과 단편을 집필했다.
주요 작품으로는 《우리 반 홍범도》, 《어린 만세꾼》, 《훈민정음 해례본을 찾아라》, 《역사 탐험대, 일제의 흔적을 찾아라》 등의 어린이 책과 《온달장군 살인사건》, 《적패》, 《개봉동 명탐정》, 《유품정리사》, 《한성 프리메이슨》, 《상해임시정부》, 《살아서 가야 한다》, 《달이 부서진 밤》, 《미스 손탁》 등의 역사 추리소설, 《암살로 읽는 한국사》, 《한국인의 맛》 《38년 왜란과 호란 사이》, 《오래된 서울을 그리다》, 《교과서에 나오지 않는 조선 사건 실록》 등의 다양한 역사 인문서를 집필했다.
《기억, 직지》로 2013년 제1회 직지소설문학상 최우수상을 수상했고, 《조선변호사 왕실소송사건》으로 2016년 제21회 부산국제영화제에서 'NEW 크리에이터상'을 받았다. 2019년 '원주 한 도시 한 책'에 《미스 손탁》이 선정되었고, 2020년에는 한국추리문학상 대상을 받았다.

"야! 이쪽으로 차!"

상대 팀 골문 앞에 선 한수가 한쪽 손을 들고 목청껏 외쳤다. 하지만 공을 몰고 들어오던 동민이는 한수 쪽은 쳐다보지도 않은 채 반대편에 있는 성욱이에게 패스했다. 머쓱해진 한수는 스르르 손을 내렸다.

공을 쫓아 달려오던 다래가 멍하니 서 있는 한수에게 말했다.

"그냥 서 있지 좀 말고 뛰어!"

"뛰어 봤자 공도 안 오는걸."

한수가 입을 쑥 내밀고 말하자 다래가 쏘아봤다.

"남조선 학생은 어째 노력도 안 해 보고 포기하는지 몰라."

북한이 망한 지가 언젠데 아직도 그런 이야기를 하느냐고 말하고 싶었지만, 가뜩이나 따돌림을 당하는 판에 다래와 사이가 틀어지는 건 부담스러웠다.

한수는 투덜거리며 공을 쫓아갔다. 그러나 겨우 공을 따라잡았을 때 상대편 골키퍼가 재빨리 뛰어나와 뻥 차는 바람에 공은 머리 위를 지나 방금 전까지 한수가 있던 곳으로 날아갔다. 혀를 길게 뺀 한수가 짜증을 내자 다래가 혀를 찼다.

결국 후반전이 끝날 때까지 한수에게는 제대로 된 패스가 오지 않았다. 경기가 끝난 뒤에도 다래만 한수에게 다가와 수고했다고 말했다.

"고생했어."

"다음부턴 안 해."

불퉁거리는 한수의 대꾸에 다래가 어깨를 으쓱하고는 멀어졌다. 아이들이 모두 교실로 들어가고 홀로 운동장에 남은 한수는 애꿎은 축구공을 골대를 향해 힘껏 걷어찼다. 그물을 출렁거리게 만든 공이 다시 또르르 굴러왔다.

발 앞에 멈춰 선 공을 내려다보며 한수가 중얼거렸다.

"난 여기 진짜 싫어."

고개를 돌린 한수는 '한빛통일고등학교'라는 교문 현판을 보며 다시 중얼거렸다.

"진짜 짜증 나!"

3D 설계도를 몇 시간째 들여다보던 강동혁은 '띠링' 소리에 본능적으로 눈을 돌렸다. 손목에 무리를 주는 마우스 대신 눈에 끼우는 웨어러블 콘택트렌즈를 사용하기 때문에 눈을 돌리는 것만으로도 스마트폰 메시지를 확인할 수 있었다. 강동혁은 한숨을 쉬며 중얼거렸다.

"잠시 중단, 저장."

그러자 손목에 찬 웨어러블 스마트워치가 그의 말을 반복하면서 3D 화면이 그대로 정지했다. 의자에서 일어난 강동혁은 문을 열고 거실로 나갔다. 그리고 가사 도우미 로봇의 세팅을 조정하고 있는 정안나에게 말했다.

"여보."

"왜요?"

강동혁은 웨어러블 스마트워치를 조작해서 방금 받은 메시지를 홀로그램으로 띄웠다. 정안나가 소파에 걸터앉아 한숨을 내쉬었다.

"하라는 공부는 안 하고 말썽만 부리네."

"성적은 둘째치고 학교에서 아이들이랑 어울리질 못하나 봐."

"전학만 시켜 주면 친구도 잘 사귀고 열심히 공부하겠다더니…."

정안나가 말을 잇지 못하자 강동혁이 손으로 머리칼을 움켜쥐었다.

"기껏 여기로 이사까지 왔는데, 변한 게 없네."

현관 벨이 울린 건 바로 그때였다. 강동혁이 고개를 들어 정안나를 바라봤다.

"누구지?"

"올 사람이 없는데?"

강동혁은 현관 쪽으로 다가가 월 패드를 확인했다. 문밖에는 양복 차림의 남자가 서 있었다. 강동혁이 누구냐고 묻자 남자는 전자 명함을 보냈다. 웨어러블 콘택트렌즈에 뜬 명함을 본 강동혁이 물었다.

"화이트스톤사에서 오신 게 맞나요?"

"그렇습니다. 강한수 학생 부모님을 만나러 왔습니다."

강동혁이 손목에 찬 웨어러블 스마트워치에 대고 속삭였다.

"명함 확인해 줘."

잠시 후, 웨어러블 스마트워치가 인터넷 검색 결과를 알려 주었다.

"당사자가 맞습니다."

사기꾼이나 이상한 사람은 아니라는 것을 확인한 강동혁이 월 패드 쪽으로 다가가서 물었다.

"제가 강한수 아빠인데, 무슨 일입니까?"

남자가 말했다.

"아드님 문제를 해결해 드리려고 왔습니다."

"어, 어떻게요?"

강동혁이 저도 모르게 이렇게 묻자 남자가 눈빛을 반짝였다.

"확실하고, 완벽하게요."

집 안으로 들어온 남자는 자신을 에드워드 박이라고 소개했다.

강동혁이 조심스레 물었다.

"화이트스톤사면 인공 지능이 탑재된 로봇을 판매하는 회사 아닙니까?"

"10년 전부터 그 분야에서 두각을 나타내고 있죠. 세계 최고의 로봇 관련 업체니까요."

정안나가 내온 주스를 한 모금 마신 에드워드 박은 가사 도우미 로봇에게 눈을 돌렸다.

"우리 회사 MC-231 모델이군요. 쓸 만하십니까?"

"좋긴 한데, 업데이트를 자주 해 줘야 하는 게 불편해요."

정안나의 말에 에드워드 박이 안주머니에서 황금색 카드를 꺼내더니 가사 도우미 로봇 센서에 갖다 댔다. '띠리링' 소리와 함께 패널에 글자들이 바로 뜨자 정안나가 반색을 했다.

"업데이트가 자동으로 되네요?"

"연구직의 장점 중 하나죠. 앞으로는 자동으로 업데이트될 테니까 한결 편하실 겁니다."

"어머나, 감사해요."

활짝 웃으며 기뻐하는 정안나를 곁눈질로 바라보던 강동혁이 에드워드 박에게 물었다.

"그런데 아들 문제를 어떻게 완벽하게 해결해 주신다는 겁니까?"

"지금 아드님의 문제는 성적 하락과 학교생활 부적응입니다. 그건 열의가 없다는 뜻이죠."

자기가 생각하는 것을 에드워드 박이 정확하게 콕 집는 바람에 강동혁은 딱히 반박할 말을 떠올리지 못했다. 에드워드 박은 접이식 패드를 꺼내 홀로그램을 보여 줬다.

"올해 초에 서울에서 이곳 한빛통일신도시로 오신 이유도 아드님 때문인 걸로 알고 있습니다. 하지만 여기에서도 서울에서와 같은 일이 반복되고 있죠. 빅데이터로 예상 또는 예측한 결과, 아드님이 계속 이런 식으로 지내면 고등학교를 졸업할 무렵에는 성적이 전교 51퍼센트 이하로 떨어지고, 생활 기록부 역시 긍정적으로 기록될 확률이 낮아집니다. 대학 입시는 실패할 확률이 높고, 아무리 희망적으로 잡아도 지방 3급 대학이나 특성 전문화 대학 정도가 고작일 겁니다. 그러면 앞으로 65세 은퇴까지 예상 소득이 전체 가구 중 56퍼센트 이하로 떨어져서 중하류층으로 전락하고, 여기에 추가로 경제적 손실을 입게 되면 빈민층으로 떨어질 가능성이 47퍼센트에 달합니다."

감정이 전혀 담기지 않은 에드워드 박의 이야기를 강동혁은 가만히 듣고만 있었다. 뭐든 건성건성 하고, 핑계만 대면서 빠져나가려는 아들의 장래가 걱정되었기 때문이다.

옆에서 듣고 있던 정안나가 조용히 말했다.

"우리도 그 점을 걱정하고 있어요. 그래서 여기로 이사를 왔어요. 과외 선생도 붙여 보고, 전문가 상담도 받아 봤고요. 단번에 해결되리라고는 생각하지 않지만, 여기서도 딱히 좋아진 것 같지는 않아서 걱정이었어요."

강동혁이 계속 침묵을 지키자 에드워드 박은 접이식 패드 디스플레이를 터치해서 화면을 바꿨다.

"완벽한 해결책이 있습니다. 전문가의 상담도 필요 없고, 타이르고 잔소리하느라 힘 뺄 필요도 없습니다. 그러니까 돈과 시간을 전혀 들이지 않고도 바꿀 수 있다는 얘깁니다. 두 분의 결정만으로 말이죠."

"그게 어떻게 가능합니까?"

강동혁이 고개를 갸웃하면서 묻자 에드워드 박이 자신 있게 말했다.

"아이를 바꿔 드립니다."

축구 다음에는 피구를 했다. 그러나 이번에도 한수에게는 공이 잘 오지 않았다.

"이럴 줄 알았어."

투덜거리던 한수는 다래가 던진 공을 받지 못해 공격권을 상대방에게 넘겨주고 말았다. 다래가 짜증 나는 표정으로 바라보자 한수는 어깨를 으쓱했다.

"말을 하고 던져야지!"

"경기할 때 누가 미리 말을 해? 정신 안 차려?"

다래의 잔소리에 한수는 얼굴을 찡그렸다.

"왜 다들 나한테만 이러는지 모르겠어!"

그렇게 공이 몇 번 오가다가 바닥에 한 번 튕기고는 한수 앞으로 굴러왔다. 잽싸게 공을 집은 한수는 공을 피하려고 이리저리 왔다 갔다 하는 코트 안의 아이들을 보다가 한 명을 점찍었다. 아까 축구 할 때 패스해 주지 않은 동민이였다. 마침 동민이는 다른 쪽을 보고 있었는데, 아마 한수가 자기한테 바로 던지지 않고 패스를 할 거라고 생각한 모양이었다.

"어림도 없지."

한수는 같은 편에게 패스하는 척하고는 동민이의 머리를 겨냥

해서 힘껏 공을 던졌다. 다른 곳을 보고 있던 동민이는 날아오는 공을 피하지 못하고 정확히 얼굴에 맞고 말았다. 동민이가 그 자리에 푹 고꾸라지자 아이들이 비명을 질렀다.

제일 먼저 달려간 다래가 한수를 노려봤다.

"야! 그렇게 세게 얼굴을 맞히면 어떡해?"

"그러니까 잘 피했어야지. 왜 나한테 그래?"

한수가 짜증을 내자 아이들이 일제히 쏘아봤다. 쓰러진 동민이를 살펴보던 선생님이 다가와서 한수에게 말했다.

"동민이한테 사과해라."

"싫어요. 피구 하다 보면 머리를 맞을 수도 있는 일이잖아요."

한수가 목소리를 높이며 항의하자 선생님은 쓰고 있던 웨어러블 스마트 안경을 고쳐 썼다.

"학교 폭력 데이터베이스 센터에서 네가 이번에 던진 공은 96퍼센트 이상 고의적이라는 판정을 내렸어."

화가 난 한수가 소리를 질렀다.

"제가 아니라고 했잖아요. 왜 제 말은 안 믿으세요?"

한수가 눈을 부라리며 목소리를 높이자 선생님은 한숨을 내쉬고 차분히 말했다.

"교실로 가 있어라."

"왜요?"

"일단 가 있는 게 좋겠다."

말은 부드러웠지만, 눈빛은 어마어마했다.

그때 동민이가 몸을 일으켰다. 한수는 미안하다고 말하려 했지만, 동민이의 눈을 보고는 흠칫했다. 동민이의 눈은 살짝 파란색으로 변했다가 다시 검은색으로 돌아왔는데, 아주 짧은 순간이었지만 몹시 으스스했다.

"뭐야?"

한수와 눈이 마주친 동민이가 다시 쓰러졌다. 걱정스러운 눈길로 동민이를 바라보던 선생님은 아직도 멀뚱히 서 있는 한수에게 얼른 교실로 가라는 눈빛을 던졌다.

교실에서 한수를 맞이한 것은 로봇 보조 교사였다. 한수가 자리에 앉자 로봇 보조 교사가 다가와 가슴에 있는 패널에 피구의 게임 방법과 규칙을 띄웠다.

에드워드 박의 설명을 듣던 강동혁은 이미 비슷한 사례가 있다는 말에 깜짝 놀랐다.

"정말입니까?"

"개인 정보여서 밝힐 수는 없지만, 한빛통일신도시에서도 많은 부모님이 우리 제안을 받아들였습니다."

에드워드 박이 접이식 패드 디스플레이 화면으로 연구소를 보여 주며 말을 이었다.

"모두 우리 제안을 심사숙고했고, 결정을 내린 후에는 아주 만족하셨습니다."

정안나가 물었다.

"우리 아들을 로봇으로 교체한다는 거죠?"

"네. 겉으로는 전혀 티가 나지 않습니다. 게다가 학습 능력이 뛰어나고, 말썽을 부리거나 사고를 일으키지도 않습니다. 로봇이니까요."

"그래도…."

정안나가 주저하자 에드워드 박이 화면을 다시 바꿨다. 몇 명의 아이들이 각자 방에서 공부하거나 자는 모습이 보였다.

"사실 아이들이 끝없이 말썽을 부리는 이유는 자기가 무슨 짓을 해도 부모님이 어쩌지 못한다는 걸 알기 때문입니다. 그렇지만 로봇이 자신을 대체하고 있다는 사실을 알면 그때부터 달라집니다."

"달라진다고요?"

강동혁이 묻자 에드워드 박이 디스플레이 화면 중 하나를 눌렀다. 그러자 화면이 확대되고, 책상에 앉아 공부하는 아이의 모습이 보였다.

"이 아이는 정말 아드님과는 비교도 안 될 정도의 문제아였습니다. 그러다 1년 전에 로봇과 교체되어 우리 회사에서 교육을 받고 있어요. 그 결과 학업 성적이 두 배 이상 올랐고, 심리 치료도 아주 잘 받고 있습니다. 올해 겨울 방학 때 집으로 돌아가는 걸 목표로 지금도 열심히 공부하고 있습니다. 옛날에 유행했던 폐쇄형 기숙 학원에 보낸다고 생각하시면 됩니다. 물론 영상으로 언제든 아드님의 모습을 관찰하실 수 있고, 부모님이 원하신다면 계약 기간이 끝나기 전에 원래대로 되돌릴 수 있습니다."

"비용은 얼마나 듭니까?"

질문을 받은 에드워드 박이 웃으며 고개를 저었다.

"튜링 테스트 기간이라 비용은 완전 무료입니다."

"인공 지능 로봇이 인간과 똑같이 구현되는 걸 실험한다고요?"

정안나의 물음에 에드워드 박이 고개를 끄덕거렸다.

"맞습니다. 우리 회사에서는 차세대 인공 지능을 연구 중입니다. 연구소에서만 이루어지는 실험은 한계가 있어서 이런 식의 비밀 테스트를 진행하고 있습니다. 물론 부모님의 동의를 받아야겠지요."

세 사람 사이에 흐르던 침묵은 강동혁의 웨어러블 스마트워치의 메시지 알림으로 깨졌다. 발신자는 학교 선생님이었다.

메시지를 확인한 강동혁의 표정이 굳었다. 그 모습을 보고 정안나가 눈을 치켜뜨자 두 사람을 지켜보던 에드워드 박이 끼어들었다.

"어떤 점을 우려하시는지는 잘 알고 있습니다. 그러면 우리 회사 연구소를 한번 견학해 보시겠습니까? 얘기를 직접 나눌 수는 없지만, 아이들을 관찰하실 수 있습니다."

강동혁이 정안나를 바라보며 한숨을 쉬었다.

"연구소는 어디 있나요? 공장도 볼 수 있습니까?"

"공장은 외국에 있습니다. 연구소는 서울에 있고요."

"일단 견학해 보겠습니다."

가뜩이나 어색했던 분위기가 피구 사건 이후 더 어색해졌다. 그나마 한수를 편들어 주던 다래마저 눈을 마주치지 않았다. 선생님도 한수를 싸늘하게 대했다. 이 모든 상황이 불만스러운 한수는 수업이 끝나자마자 집으로 향했다.

교문을 나서는데 다래가 불렀다.

"한수야! 얘기 좀 해."

한수는 홱 돌아섰다.

"할 얘기 없어."

"사람을 다치게 했으면 미안하다고 사과를 해야지. 어떻게 교실로 쌩하고 가 버려?"

“선생님이 가라고 했잖아. 그리고 피구 하다 보면 그럴 수도 있지, 뭘 그런 걸 가지고 사과를 해?”

한수가 다짜고짜 이렇게 말하자 다래가 고개를 절레절레했다.

“진짜 너무한다. 너 때문에 누가 다쳤는데 아무렇지도 않아?”

자꾸 지적만 당하자 역정이 난 한수가 다래에게 다가갔다. 사람 어쩌고 하는 말에 아까 봤던 동민이 모습이 떠올라 한수가 말했다.

“그리고 걔, 이상한 거 같아.”

“무슨 소리야? 뭐가 이상한데?”

“아까 일어날 때 동민이 눈빛이 이상하더라. 마치 외계인이나 로봇 같았어.”

한수가 엄지와 집게손가락을 동그랗게 말아서 눈 주변에 갖다 대고 말했다. 그러자 다래가 벌컥 화를 냈다.

“지금 농담이 나와?”

“농담이 아니라 진짜라니까? 나랑 눈이 마주치니까 다시 쓰러져 버렸어.”

“정말 넌 구제 불능이구나!”

다래가 한심하다는 표정으로 바라보고는 휭하니 지나갔다. 한수는 멀어지는 다래를 바라보며 중얼거렸다.

“진짜라니까.”

집으로 돌아온 한수는 조마조마했다. 혹시 학교에서 연락했다면 엄마 아빠에게 혼날 수 있기 때문이었다. 사실 혼나는 것보다 게임을 못 하게 할까 봐 걱정이었다. 다행히 엄마 아빠는 볼일이 있어서 외출한다는 메시지를 남기고 집을 비웠다.

"앗싸! 개꿀!"

신이 난 한수는 잽싸게 방으로 들어가 컴퓨터를 켰다. 그리고 최근 즐기고 있는 '스페이스 스나이퍼'에 접속했다. 지구에 쳐들어온 외계인에게 맞서 지구 방위대를 결성해서 싸우는 게임인데, 들키지 않고 접근해서 저격하는 스나이퍼가 주인공이었다.

게임에 열중한 나머지 엄마 아빠가 집에 돌아온 것도 눈치채지 못한 한수는 방문이 열리는 기척에 헤드셋을 벗고 어색하게 웃었다.

"오셨어요?"

오늘 일 때문에 학교에서 연락했을 게 뻔하기 때문에 한수는 속으로 각오를 했다. 특히 '앞으로 커서 뭐가 될래?'로 시작하는 아빠의 잔소리가 길게 이어질 가능성이 컸다. 그런데 뜻밖에도 엄마 아빠는 약간 서글픈 눈으로 한수를 가만히 바라보다가 쉬라는 말을 남기고는 방문을 닫았다.

'어쩐 일이지?'

잠깐 불안했지만 그러기에는 게임이 너무 재미있었기 때문에 한수는 도로 헤드셋을 쓰고 게임에 빠져들었다.

거실로 나온 정안나는 소파에 앉아서 한쪽 손으로 관자놀이를 눌렀다. 반성하기는커녕 게임에만 빠져 있는 한수를 보고 잔뜩 실망한 것이다. 강동혁은 그런 정안나를 물끄러미 바라봤다.

한동안 고민하던 정안나가 강동혁을 올려다봤다.

"바꾸자. 그게 좋겠어."

"왜? 연구소에 갔을 때는 싫다고 해서 가계약서만 썼잖아. 언제든 취소할 수 있게 말이야."

"쟤를 좀 봐. 잘못을 저지르고도 반성하는 기색이 없잖아. 내가 누구 때문에 직장까지 관두고 여기에 왔는데…."

서운함이 잔뜩 묻어나는 정안나의 말을 듣고 강동혁은 정안나의 어깨를 토닥거렸다.

"내가 전화할게."

저녁을 먹으라는 말도 없어서 한수는 내내 게임만 하다가 자정이 넘어서야 침대에 누웠다.

잠들기 전, 한수는 잠시 생각에 잠겼다. 동민이의 이상한 눈빛, 화가 난 다래의 얼굴 그리고 뭔가를 포기한 듯한 엄마 아빠의 모습에 머리가 복잡해진 것이다. 천장을 바라보며 생각에 잠겨 있던 한수는 어느 순간 스르르 잠이 들었다.

중간에 설핏 잠에서 깼을 때 누가 자기를 내려다보는 듯한 느낌을 받았다.

'꿈치고는 너무 생생한데?'

그 생각을 끝으로 한수는 깊은 잠에 빠져들었다.

새로운 아들, 로봇 한수를 본 강동혁은 마음이 착잡했다.

에드워드 박을 따라가서 본 화이트스톤사 연구소는 완벽했고, 그곳에 있는 아이들은 자기 잘못을 뉘우치고 원래 자리로 돌아가기 위해 열심히 공부하고 있었다. 그 모습을 본 강동혁은 머뭇거리는 정안나를 설득해서 한수를 1년 동안 로봇으로 교체하는 계약서에 서명했다.

로봇 한수는 겉으로 보기에 완벽했다. 키는 물론이고 약간 어정쩡하게 서 있는 자세에 불안하면 손톱을 물어뜯는 버릇까지 인간 한수와 똑같았다.

잠든 채로 실려 나간 한수 자리를 차지한 로봇 한수는 강동혁에게 다가와 덥석 안겼다. 몸에 닿는 피부가 차가울 거라고 생각했는데 뜻밖에 따뜻했다.

"고맙습니다, 아빠. 앞으로 열심히 공부하고 말 잘 들을게요."

로봇 한수는 정안나에게도 같은 말을 하고 나서 자기 방으로 들어갔다. 정안나는 긴 한숨을 내쉬었다.

그때 강동혁의 웨어러블 스마트워치에 에드워드 박의 메시지가 도착했다.

> 아드님은 저희가 잘 돌보겠습니다.
> 걱정하지 마시기를 바랍니다.

로봇 한수가 들어간 방문을 뚫어져라 바라보던 강동혁이 정안나에게 말했다.

"일단 지켜보자."

한수는 눈을 뜨기 전부터 자기가 있는 공간이 낯설다는 것을 느꼈다. 코끝이 시릴 정도로 서늘한 공기 때문이었다. 눈을 뜬 한수는 완전히 달라진 방 안 풍경에 화들짝 놀랐다.

"여긴 어디지?"

천장이 제법 높은 방에는 침대와 책상, 옷장 등이 있었는데, 우습게도 한쪽 벽면이 완전히 유리였다. 한수는 유리 벽으로 다가가 손으로 유리를 쿵쿵 쳤다. 묵직한 소리만 날 뿐, 유리 벽 너머에는 흐릿한 조명만 켜져 있어서 잘 보이지 않았다.

두려워진 한수는 유리 벽을 두드리면서 소리쳤다.

"아무도 없어요?"

몇 번을 두드리고 소리쳐도 아무 반응이 없었다. 낙담한 한수가 막 울음을 터뜨리려고 할 때, 유리 벽 너머 어둠 속에서 누가 접이식 의자를 들고 나타났다. 유리 벽 바로 앞까지 온 남자는 접이식 의자를 펴고 앉았다. 바싹 마른 얼굴에 짧고 단정한 머리를 하고, 의사처럼 하얀색 가운을 입은 평범한 중년 아저씨였다. 뜬금없는 등장이 이상하긴 했지만, 어쨌든 대화를 나눌 수 있는 사람이 나타났다는 사실에 마음이 놓인 한수가 목소리를 높였다.

"여기가 어디예요? 제가 왜 여기에 와 있죠? 우리 집으로 보내 주세요. 엄마 아빠가 보고 싶어요."

남자는 손가락을 까닥거리며 입을 열었다.

"질문은 한 번에 한 가지만."

난생처음 겪는 반응에 확 짜증이 났지만 갇힌 듯한 상황이라 어쩔 수 없었다. 심호흡을 크게 하고 한수가 물었다.

"여긴 어디죠?"

"화이트스톤사의 제3 연구소 지하. 직원들이 터널이라고 부르는 공간이지."

"제가 왜 여기 있는 거죠? 어젯밤에 분명히 내 방에서 잠들었는데요."

"잠자는 동안 이곳으로 옮겨졌다. 앞으로 여기에서 지낼 거다.

여긴 큐브라고 한다."

한수는 고개를 돌려 사방을 훑어보았다. 천장에는 감시 카메라와 공기 청정기가 달려 있었고, 유리 벽을 제외한 나머지 벽은 튼튼한 금속 재질이었다.

"아무튼 여기서 내보내 주세요. 집에 가고 싶어요."

"미안하지만 그럴 수 없다. 당분간 여기서 지내야 해."

"왜요?"

불쑥 묻자 남자는 의자에서 일어나 가까이 다가왔다. 오른쪽 가슴에 '에드워드 박 수석 연구원'이라는 명찰이 보였다. 한쪽 손을 쫙 펴서 유리 벽에 갖다 댄 에드워드 박이 대답했다.

"네 부모님이 원했으니까."

"거짓말하지 마세요. 엄마 아빠가 왜요?"

한수가 반박하자 에드워드 박이 딱하다는 표정을 지으며 품속에서 접이식 패드를 꺼냈다. 에드워드 박이 디스플레이 화면을 터치하자 도표 같은 것이 주르르 떴다.

"초등학교 1학년 때부터 고등학교 2학년 2학기가 끝나 가는 지금까지 성적이 단 한 번도 상위권에 오른 적이 없음. 생활 기록부 평가가 몹시 안 좋고, 친구들을 잘 사귀지 못하는 편이고, 예체능에 특별한 재능도 없음. 부모님은 자식을 위해 한빛통일 신도시로 이사까지 했는데 여전히 변하지 않고 있음. 거짓말을 상습적으로 하고, 친구들에게도 나쁜 아이로 낙인찍힌 상태임. 어른들은 이런 아이들을 말썽꾼이라고 부른다. 하라는 공부는 안 하고 말썽만 피우는 문제아."

머리가 핑핑 돌 정도로 냉정하게 말하는 에드워드 박에게 한수가 말했다.

"저는 말썽꾼이 아니에요."

"인간은 원래 자기 자신에게 지나치게 관대하지. 나이가 많거나 적거나 상관없이 말이다."

에드워드 박은 차가운 웃음을 지으며 접이식 패드의 디스플레이 화면을 바꿨다. 계약서라는 큼직한 글자 아래로 깨알같이 작은 글자들이 떴다.

"네 부모님이 우리 회사와 맺은 계약서다. 계약 기간 동안 우리가 너를 보호한다는 내용이야."

"이게 감금이지 보호예요?"

"미성년자에게 필요한 적절한 보호 조치지. 부모님과 이미 얘기 끝났어."

한수는 엄마 아빠가 자기를 이런 곳으로 보내는 데 동의했다는 사실에 충격을 받았다. 무릎이 휘청거려 주저앉을 뻔하다가 겨우 균형을 잡고는 마른침을 삼켰다.

"학교는 어떻게 하고요?"

한수가 목소리를 높이자 에드워드 박이 다시 디스플레이 화면을 바꿨다.

가방을 메고 교문을 들어서는 아이 하나가 보였다. 아이는 교실로 들어가 짝꿍과 인사를 나누고 자리에 앉은 뒤 로봇 보조 교사에게 스마트폰을 반납했다. 그리고 잠시 뒤에 선생님이 들어오자 자세를 바로잡고 인사했다.

그 장면을 보는 내내 한수는 입을 다물지 못했다. 화면 속 아이는 다름 아닌 한수였기 때문이다.

"말도 안 돼요!"

"똑바로 봐. 너랑 똑같아. 그러니까 친구들이 스스럼없이 대하는 거지."

에드워드 박의 말대로 화면 속 친구들은 한수에게 먼저 다가가 말을 걸었고, 한수도 웃으며 친구들과 대화를 나누었다. 꿈인지 생시인지 헷갈렸다.

한수가 얼떨떨해서 물었다.

"저한테 숨겨진 쌍둥이 형제가 있었나요?"

"천만에, 인공 지능이 탑재된 로봇이다."

"로봇이요?"

집이나 학교에서 보던 로봇에는 금속과 플라스틱으로 만든 몸체와 팔이, 다리 대신 바퀴가 달려 있었다. 지금껏 사람과 똑같이 생긴 로봇은 본 적이 없었다.

한수의 그런 속마음을 알아차렸는지 에드워드 박이 말했다.

"새로운 세대의 로봇이지. 인간과 똑같이 땀을 흘리는 인조 피부를 가졌고, 인공 지능이 탑재돼서 어떤 대화도 문제없이 할 수 있어. 앞으로 너를 대신해서 학교에 다니고 친구들을 사귈 거다. 너처럼 무례하고 버르장머리 없이 구는 게 아니라, 착하고 공부도 잘해서 부모님에게 기쁨을 안겨 줄 거야."

에드워드 박의 한 마디 한 마디가 한수의 가슴을 후벼 팠다. 엄마 아빠에게 버림받았다는 충격과 나와 똑같은 누군가가 나를 대신하고 있다는 두려움이 밀려들었다. 한참 동안 유리 벽에 머리를 기대고 있던 한수는 마침내 현실을 받아들이기로 했다.

"그럼 전 언제 집에 돌아갈 수 있나요?"

질문을 받은 에드워드 박이 집게손가락을 세웠다.

"1년 뒤."

"그렇게 오래요?"

"결정권은 부모님한테 있다. 1년이 지난 뒤에도 계속 로봇과 지내고 싶어 하면 넌 그대로 여기에 남아야 한다."

놀리는 듯한 에드워드 박의 말투에 한수는 폭발하고 말았다.

"싫어요! 나 집에 갈래요! 그러니까 날 풀어 달라고요."

손바닥으로 유리 벽을 치며 고래고래 소리 지르자 에드워드 박은 접이식 패드를 품속에 넣으면서 씩 웃었다.

"늦었다. 그러니까 진즉에 잘했어야지."

냉정하게 말하고 돌아선 에드워드 박이 어둠 속으로 사라지자 한수는 소리를 질렀다.

"엄마! 아빠! 저를 버리지 마세요. 잘못했어요."

울고, 발길질하고, 펄쩍 뛰어도 보았지만 아무도 나타나지 않았다. 알 수 없는 곳에 꼼짝없이 갇혔다는 사실을 제대로 깨달은 한수는 미칠 것만 같았다.

"집에 가고 싶어. 제발 데려다줘. 시키는 대로 말 잘 들을게."

펑펑 울고 소리치고 애원했지만, 역시 아무도 나타나지 않았다. 대신에 조명이 하나둘 켜지면서 주변이 환해졌다. 두 손으로 얼굴을 감싸 쥐고 울던 한수는 혹시나 하는 마음에 고개를 들었다가 더 큰 절망을 보았다. 조명이 하나씩 켜질 때마다 한수가 갇혀 있는 것과 같은 모양의 큐브들이 보였는데, 수십 개는 너끈히 넘었기 때문이다.

"반가워."

먼저 와서 앉아 있던 한수가 살갑게 인사하자 다래는 고개를 갸웃했다. 어제와 달리 한수가 얌전해진 것 같았기 때문이다.

"무슨 일 있어?"

다래의 말에 한수는 평소처럼 어깨를 으쓱했다.

"집에 가서 엄마 아빠한테 엄청 혼났거든. 이제 착하게 지내 보려고."

한수는 쓴웃음을 지으며 대답한 뒤 앞쪽에 앉은 동민이에게 다가갔다. 한수가 다정하게 웃으며 말을 건네자 동민이도 활짝 웃으며 대꾸했다.

"쟤, 왜 저래?"

그 모습을 본 다래는 고개를 갸웃거렸다. 한수가 친구들과 사이좋게 지내는 걸 본 적이 없는데, 갑자기 확 달라졌기 때문이다.

놀라움은 수업 시간에도 이어졌다. 수업 시간 내내 꼼지락거려서 로봇 보조 교사에게 지적당하기 일쑤던 한수가 자세 한 번 흐트러뜨리지 않고 수업에 열중한 것이다. 게다가 놀랄 만한 집중력을 발휘해서 수업 시간에 선생님에게 칭찬을 여러 번 들었다. 쉬는 시간에 친구들과 이야기를 나눌 때도 목소리를 높이거나 끼어들지 않았다.

덕분에 한수는 반나절 만에 아싸에서 인싸로 변신했다. 평소라면 으스대거나 자랑하기 바빴을 한수가 고맙다는 말만 했다.

갑자기 의젓해진 한수를 바라보며 다래가 중얼거렸다.

"하루 만에 완전히 달라지다니…."

점심시간이 되자 한수는 친구들과 함께 축구 하러 나갔다. 이번에는 동민이가 한수에게 여러 번 패스해 줬다. 공만 잡으면 질질 끌다가 제풀에 지쳐 상대 팀에게 빼앗기곤 하던 한수는 침착하게 공을 몰고 가 골대에 집어넣었다. 함성을 지르는 아이들 사이로 어시스트해 준 동민이와 한수가 얼싸안는 모습이 보였다.

큐브에 갇힌 이튿날, 인자한 얼굴을 한 백발 노인이 나타나 한수에게 말을 건넸다.

"만나서 반갑다. 내 이름은 황인섭이야. 그냥 황 박사라고 부르면 된다."

앞서 만난 에드워드 박이라는 사람과 달리 인간적인 면모가 엿보였다. 하지만 한수는 엄마 아빠에게 버림받고 낯선 곳에 갇혀 있다는 충격에서 여전히 벗어나지 못해 멍한 눈으로 바라보기만 했다.

그런 한수를 물끄러미 바라보던 황 박사가 말했다.

"세상에는 두 종류의 사람이 있어. 포기하는 사람과 도전하는 사람."

"전 버림받았어요."

울컥하는 한수의 대답에 황 박사가 고개를 저으며 다정하게 말했다.

"실수는 누구나 하는 법이지. 그다음이 중요한 법이란다."

"저는 1년 뒤에나 집에 갈 수 있다고 하던데요. 학교는 저랑 쏙 빼닮은 로봇이 다니고 있고요. 돌아가도 제 자리는 없을 거 같아요."

"벌써 포기하면 안 되지."

"그럼요?"

"여기에서 지내기 싫다면 밖으로 나갈 기회를 잡아야 하지 않겠니?"

"제 말 못 들으셨어요? 1년 동안 못 나간다니까요."

황 박사는 대답 대신 손가락으로 천장 모서리에 붙어 있는 작은 카메라를 가리켰다.

"저기와 여기. 이 안에는 카메라가 몇 대 있는데, 저걸 통해 부모님이 널 볼 수 있단다. 만약 공부를 열심히 하고 착하게 지낸다면 일찍 데려갈 수도 있어."

"진짜요?"

한수가 눈을 동그랗게 뜨고 물어보자 황 박사가 가만히 고개를 끄덕였다.

"1년은 부모님과 회사가 임의로 결정한 기간이야. 연장할 수도 있고 반대로 단축할 수도 있지. 자식을 이런 곳에 보내 놓고 마음 편할 부모는 없어. 그러니까 네가 달라지는 모습을 보여 주면 집에 일찍 갈 수도 있으니 희망을 버리지 마."

황 박사의 말에 한수는 사라졌던 희망을 되찾았다. 한수의 표정을 살핀 황 박사가 손목에 찬 웨어러블 스마트워치를 조작했다. 그러자 '삐빅' 소리와 함께 문이 열렸다.

"우아!"

"너를 집으로 돌려보내 줄 수는 없지만, 큐브 밖으로 나가게 해 줄 수는 있지. 저쪽에 너와 같은 처지의 친구들이 있단다. 잠시 후에 교양 수업을 시작할 텐데, 들어 볼래?"

"어디서요?"

문을 열고 큐브 밖으로 나온 한수가 묻자 황 박사가 손가락으로 붉은색 큐브를 가리키며 대답했다.

"저쪽."

한수는 설레는 마음을 안고 그곳으로 향했다. 중간중간에는 전기봉을 든 경비 로봇들이 움직이고 있었다. 사방이 트인 붉은색 큐브 안쪽에는 책상이 띄엄띄엄 놓여 있었다. 책상 앞에는 로봇 교사가 전자 칠판에 뭐를 쓰는 중이었다.

"그래, 열심히 공부해서 엄마 아빠 곁으로 돌아가는 거야."

희망에 부푼 한수는 빈자리를 찾아 앉았다. 그때 바로 옆에 앉아 있는 아이와 눈이 마주쳤다. 얼굴이 낯익다는 생각이 스치자 한수는 그것이 무슨 의미인지 깨닫고는 그대로 얼어붙고 말았다.

한수를 알아본 동민이가 풀 죽은 목소리로 물었다.

"너도 여기 끌려왔냐?"

"어, 너 언제부터 여기 있었던 거야?"

한수의 물음에 동민이는 손가락 두 개를 펼쳤다.

"2년?"

동민이는 대답 대신 고개를 끄덕거렸다. 파랗게 질린 한수가 아무 말도 못 하는 사이 로봇 교사가 수업을 시작했다.

"오늘 배울 내용은 인공 지능입니다. 영어로는 'Artificial Intelligence'라고 하는데, 보통은 줄여서 'AI'라고 합니다. AI는 인간의 지적 능력을 인위적으로 구현해 낸 것입니다. 이 단어는 1956년 미국 뉴햄프셔 하노버에 있는 다트머스대학에서 열린 학술대회에 참여한 존 매카시가 최초로 언급했습니다. 인공 지능이라는 개념은 훨씬 이전부터 있었지만 기술력이 부족해 제자리걸음을 했습니다. 그러다 21세기로 접어들면서 비약적인 발전을 이뤘습니다. 특히 2016년에 구글에서 개발한 바둑 인공 지능 프로그램 알파고는 인간과 74번을 대국하면서 단 한 번 패배했을 뿐입니다. 그 뒤 인공 지능 프로그램 개발은 급진전을 보였으며, 대한민국은 남북통일 이후 인공 지능 개발에 박차를 가하여 세계 1위의 기술력을 자랑하고 있습니다."

여름 방학 전 마지막 공개 수업 때, 같은 반 학생들이 뽑은 최고 인기상을 받은 한수에게 여기저기서 칭찬이 쏟아졌다. 특히 동민이가 한수를 한때는 사이가 나빴지만, 지금은 가장 친한 친구라고 소개하면서 학부모들의 시선은 한꺼번에 한수 부모를 향했다.

다래가 보기에 한수 부모가 마냥 기뻐하는 것 같지는 않았다. 왠지 자꾸만 주변을 살피며 불안해하는 듯했다.

'나한테는 분명히 엄마 아빠한테 혼나서 정신을 차렸다고 했는데….'

한수의 변화에 부모가 당황하는 것 같자 다래는 몇 주 동안 한수에게 일어난 극적인 변화를 다시 떠올려 봤다. 말썽꾸러기가 어느 날 갑자기 모범생이 되었다. 성적이 갑자기 확 뛰었고, 친구들과 관계가 아주 좋아졌다. 친구들 일에도 적극적으로 나서서 반장 다음가는 리더로 인정받는 분위기였다.

'얼굴도 그대로고 옷차림도 변한 게 없지만, 그 안에 있는 뭐가 바뀐 느낌이야.'

다시 박수갈채가 쏟아지자 한수가 쑥스러운 표정으로 외쳤다.

"엄마! 아빠! 사랑합니다!"

박수가 다시 한 차례 울려 퍼졌다. 그러나 박수가 그칠 때까지 한수 엄마 아빠의 표정은 전혀 나아지지 않았다. 다래는 한 손을 턱에 괴고 생각에 잠겼다.

'도통 모르겠다.'

쉬는 시간을 알리는 종이 울리자 학부모들이 교실을 빠져나갔다. 다래는 한수가 엄마 아빠에게 다가가 고맙다고 말하는 모습을 지켜봤다. 두 사람이 어정쩡하게 인사를 받는 사이 동민이가 한수를 불렀다.

한수가 교실 밖으로 나가자 다래는 한수 부모에게 다가갔다. 핸드백을 챙겨 일어서던 한수 엄마가 다래를 보고 미소를 지었다.

"한수 짝이지?"

"네. 한다래라고 해요."

"한수한테 얘기 많이 들었다. 좋은 짝이라고 하더구나."

"그런데 한수가 좀 이상해졌어요."

그러자 한수 아빠가 일어나려다가 멈칫했다.

"어떻게?"

다래는 적절한 문장을 찾기 위해 잠시 고민한 끝에 대답했다.

"공부하는 기계가 된 거 같아요."

한수 부모가 눈에 띄게 움찔했다. 다래는 내친김에 말을 덧붙였다.

"까불대고 장난치기 좋아하고 수업 시간에는 잠시도 가만있지 못했는데, 갑자기 달라졌어요."

"한수가 고민을 좀 많이 했어. 성적도 그렇고, 친구들이랑 사이가 나쁜 걸 굉장히 걱정했거든."

한수 아빠의 말에 엄마가 고개를 끄덕이는 것으로 맞장구를 쳤다. 다래는 한숨을 내쉬며 말했다.

"그랬군요. 저는 무슨 일이 생긴 줄 알았어요. 그럼 안녕히 가세요."

다래는 가방을 챙겨서 교실을 나왔다. 복도에서는 한수가 친구들과 함께 놀고 있었다.

한수가 한쪽 손을 번쩍 치켜들었다.

"다래야! 이리 와서 같이 놀자!"

잠깐 망설이다가 다래는 고개를 저었다.

"집에 가야 해. 내일 보자."

다래는 대충 손을 흔들어 주고 운동장으로 나왔다. 뜨거운 햇살이 운동장에서 노는 아이들의 머리 위로 쏟아졌다.

"갑자기 마음을 바꾸신 이유가 뭔가요?"

에드워드 박이 묻자 화상 전화 앞에 선 강동혁이 정안나의 손을 꼭 잡은 채 대답했다.

"아무리 봐도 우리 아들 같지 않아서 그렇습니다."

"세팅은 완벽하게 되었습니다만…. 혹시 원하시는 게 있으면 수정도 가능합니다."

"아니, 그런 게 아닙니다."

강동혁이 고개를 세차게 젓고 마른침을 삼킨 뒤 에드워드 박을 바라보았다.

"보내 주신 로봇은 완벽합니다. 공부도 잘하고 말썽도 안 부립니다. 얼마 전 공개 수업에 갔더니 인기상도 받더군요. 하지만 그럴 때마다 우리 아들이 생각납니다. 말썽꾸러기에 공부도 못했지만 말이죠."

강동혁의 얘기를 듣고 에드워드 박은 팔짱을 꼈다.

"무슨 말씀인지 잘 알겠습니다. 계약서에 원하실 때는 언제든 돌려보내 드린다고 했으니 내용대로 이행하겠습니다. 다만…."

에드워드 박은 잠깐 뜸을 들인 뒤 가볍게 한숨을 푹 내쉬었다.

"적응 기간을 좀 둬야 할 것 같습니다."

"적응 기간이요?"

"우리 회사에서 보낸 로봇 한수가 완벽한 퍼포먼스를 보여 주고 있어서 인간 한수가 돌아가면 주변의 의심을 살 확률이 높습니다. 아드님의 심리 상태도 고려해야 하고요."

"그럼 언제 돌려보내 주실 겁니까?"

강동혁이 조심스레 물었다.

"2주만 기다려 주십시오."

강동혁이 정안나를 바라보자 정안나가 고개를 끄덕였다. 에드워드 박이 활짝 웃으며 말했다.

"그럼 2주 뒤에 연락드리겠습니다."

"번거롭게 해 드려 죄송합니다."

강동혁과 통화를 끝내고 에드워드 박은 옆에 있는 황 박사를 바라보았다.

"한수 부모 교체 작업을 서둘러야겠어."

"2주는 무리입니다."

"일단 최대한 빨리 준비해 줘. 다행히 강동혁은 프리랜서고 정안나는 전업주부여서 사회적 접촉이 적은 편이잖아."

황 박사가 고개를 주억거렸다.

"그렇게 하지요."

"그리고…."

에드워드 박은 잠시 생각하다가 가운 주머니에 손을 찔러 넣고 황 박사에게 말했다.

"큐브에 있는 한수도 처리해."

"굳이 그렇게까지 해야 합니까?"

에드워드 박이 어깨를 으쓱했다.

"부모까지 교체하면 한수를 굳이 여기에 놔둘 이유가 없잖아."

"시키는 대로 하면 집으로 돌아갈 수 있다고 믿고 열심히 생활하고 있습니다."

에드워드 박이 주머니에서 손을 빼고 손가락을 까닥거렸다.

"열심히 하는지 안 하는지는 별로 중요하지 않아. 우리에게 쓸모가 있는지 없는지, 효율적인지 아닌지가 중요하지. 우리의 원칙을 잊지 말게."

에드워드 박의 얘기를 황 박사는 가만히 듣고만 있었다.

로봇 교사의 수업이 끝나고 잠깐 쉬는 시간이 되자 한수가 중얼거렸다.

"반드시 엄마 아빠한테 돌아가고야 말겠어."

시간이 흐르면서 한수는 이곳 생활에 웬만큼 적응되었다. 그리고 목표를 세우게 되었다. 그러나 큐브에 오랫동안 있었던 동민이는 이렇게 말했다.

"쓸데없는 짓 하지 마."

"왜? 넌 엄마 아빠가 보고 싶지 않아?"

"나도 처음엔 너처럼 열심히 했어. 그런데 아무리 열심히 해도 엄마 아빠는 로봇을 더 좋아하던데?"

"우리 엄마 아빠는 그렇지 않아!"

한수의 말에 동민이는 안타까운 표정을 지었다.

큐브에는 한수와 동민이 말고도 아주 많은 사람이 머물고 있었다. 어른도 있었고, 외국인도 종종 보였다. 다들 자기와 같은 처지라는 생각이 들자 한수는 소름이 확 돋았다.

"왜 사람을 가두고 로봇으로 대체하는 걸까?"

한수가 묻자 동민이가 콧방귀를 뀌었다.

"말도 잘 들어, 공부도 잘해, 말썽도 안 피우고 반항도 하지 않으니까. 인공 지능은 오류가 없어. 인간은 실수를 반복하고."

"그래서 사람인 거 아니야?"

동민이는 고개를 저었다.

"딴 사람들은 그렇게 생각하지 않아. 우리 엄마 아빠만 해도 내 성적에 한 번도 만족한 적이 없거든. 커서 도대체 뭐가 될 거냐는 말이나 하고 칭찬은 한 적이 없었어. 하지만 날 닮은 로봇은 완벽하잖아."

한수는 학교에서 만났던 로봇 동민이를 떠올리면서 고개를 끄덕였다.

"끝내줬지. 반장 노릇도 잘했고. 공에 맞아 넘어졌을 때 눈빛이 좀 이상하긴 했지만, 로봇일 줄은 몰랐어."

"앞으로 인간을 대체하는 로봇 세상이 올지도 몰라."

동민이의 우울한 말에 한수는 딱히 반박할 말을 찾지 못했다. 그렇게 동민이와 얘기를 주고받는데 황 박사가 다가왔다.

"강한수, 따라와라."

황 박사의 무뚝뚝한 말투에 살짝 긴장됐지만, 한수는 순순히 일어났다.

황 박사가 한수를 데리고 간 곳은 크고 작은 파이프들이 지나가는 좁은 통로였다. 바닥에 철판이 깔려 있어서 걸을 때마다 묵직한 쇳소리가 났다. 한수는 앞장서 걷는 황 박사에게 조심스레 물었다.

"어디로 가는 거예요?"

"너는 인공 지능을 어떻게 생각하니?"

"완벽하다고 생각해요."

한수는 큐브에 갇혀 있으면서 느낀 그대로 대답했다. 그러자 황 박사가 갑자기 걸음을 멈추고 돌아봤다.

"그래서 위험하단다."

"뭐가요? 인공 지능이요?"

한수가 되묻자 황 박사가 고개를 끄덕이며 말했다.

"완벽하다는 건 문제가 없다는 게 아니라 문제를 감추는 거니까."

"무슨 말씀인지 모르겠어요."

"인간은 오래전부터 완벽한 인공 지능을 만들려고 애썼어. 알파고를 만들어 인간과 바둑을 두게 했고, 튜링 테스트를 통해 인간과 구별이 되지 않을 정도의 수준까지 끌어올렸지."

"엄청 성공적이잖아요. 저와 동민이가 여기 있고, 로봇이 우리를 대체하고 있다는 사실을 아무도 모르니까요."

"그래서 위험하다는 거다. 인공 지능이 인간을 대체하려고 하니까. 영원히 말이다."

사실 한수는 큐브에 있는 사람이 적지 않다는 걸 깨닫고는 한 가지 의문이 들었다. 이렇게 아무도 모르게 바꿔치기하는 경우가 늘어난다면 앞으로 인간들이 어떤 대접을 받게 될지 말이다.

한수의 속마음을 눈치챘는지 황 박사가 한쪽 무릎을 꿇고 눈높이를 맞추며 말했다.

"인공 지능이 인간을 완벽하게 대체하는 건 양쪽 모두에게 비극적인 일이 될 거야."

"이미 대체하고 있는 것 같은데요?"

황 박사는 고개를 저었다.

"이건 대체가 아니라 침략이란다. 정당하지 못한 방법이야."

"그런데 왜 그런 방법을 써요?"

"사람들은 인공 지능의 편리함을 잘 알지만, 한편으로는 두려워했단다. 그래서 인공 지능의 발전 속도를 늦추고 튜링 테스트도 금지했지. 하지만 과학자들은 몰래 튜링 테스트를 계속했고, 결국 인간을 대체할 수 있는 수준의 인공 지능을 만드는 데 성공했어. 그러나 불법이기 때문에 감춰야만 했고, 이런 식으로 인간을 대체하는 중이지."

"이러다가 인공 지능이 모든 인간을 대체하겠네요?"

한수가 묻자 황 박사는 고개를 끄덕이며 몸을 일으켰다.

"그래서 항상 고민한단다."

"어떤 고민인데요?"

황 박사는 대답 대신 가운 주머니에서 뭔가를 꺼냈다. 권총이었다. 은빛으로 반짝이는 권총을 보자 한수는 한 발짝 물러났다.

"박사님!"

황 박사는 주춤거리며 물러나는 한수에게 권총을 겨눴다. 그리고 한 손으로는 자신의 머리카락을 움켜쥐었다.

"무슨 짓이에요!"

한수의 외침이 어둡고 긴 통로에 울려 퍼졌다. 황 박사가 머리카락을 힘껏 쥐어뜯자 놀랍게도 피부가 찢어지면서 금속 뼈대와 전선들이 드러났다. 그 순간, 복도 불빛이 붉게 변하면서 사이렌이 울렸다. 그리고 경비용 로봇이 나타났다. 황 박사는 경비용 로봇 쪽으로 권총을 겨누며 다급히 외쳤다.

"뛰어!"

그 말과 동시에 황 박사의 권총에서 날아간 탄환이 복도를 따라 달려오던 경비용 로봇에 명중했다. 벼락같은 총성과 매캐한 화약 냄새에 정신이 혼미해진 한수에게 황 박사가 반대편 복도를 가리키며 외쳤다.

"복도 끝으로 가면 밖으로 나가는 통로가 있어. 어서 가!"

황 박사는 경비용 로봇을 향해 계속 방아쇠를 당겼다. 하지만 경비용 로봇은 점점 늘어났다. 한수는 황 박사가 가리킨 쪽으로 빠르게 뛰었다. 총성이 차츰 멀어지면서 소름 돋는 침묵이 찾아왔다.

"대체 무슨 일이지? 어디로 가야 하는 거야?"

열심히 뛰면서도 한수는 지금 자신에게 무슨 일이 일어나고 있는지 종잡을 수가 없었다.

한참을 달리다 보니 어느 순간 복도 끝에 다다랐다. 복도 끝 막다른 벽 아래에는 한수가 겨우 기어서 통과할 정도의 구멍이 하나 보였다. 한수는 바짝 엎드려서 구멍 안으로 기어들어 갔다. 붉은색 조명 사이로 굵은 전선과 파이프 따위가 정신없이 설치되어 있었다.

앞만 보고 한참을 기어가다가 한수는 이상한 소리에 움직임을 멈추고 귀를 기울였다.

"무슨 소리지?"

한수는 소리가 뒤쪽에서 들려온다는 것을 깨닫고는 다리 사이로 뒤를 바라봤다. 그리고 빠른 속도로 기어 오는 네 발 달린 로봇을 발견했다.

"으아악!"

깜짝 놀란 한수는 비명을 지르며 앞을 향해 빠르게 기었다. 하지만 로봇은 더 빠르게 다가와서 한수의 발목을 낚아챘다. 한수는 질질 끌려가다가 머리 위를 가로지르는 파이프를 움켜잡고 버티면서 다른 발로 로봇을 걷어찼다. 몇 번의 발길질 끝에 발목이 풀려난 한수는 두 발로 로봇을 있는 힘껏 걷어찼다. 로봇은 벽으로 날아가 파이프 사이에 끼면서 꼼짝도 하지 못했다. 한수는 다시 바닥을 기기 시작했다.

에드워드 박은 총탄에 머리가 관통된 채 바닥에 널브러져 있는 황 박사를 내려다보며 곁에 서 있는 경비용 로봇에게 물었다.

"강한수의 위치는?"

"배수 파이프로 들어갔습니다. 추적 로봇을 보냈지만 뿌리치고 도망쳤습니다."

"감시 카메라 활성화하고, 정찰 드론 띄워!"

"네!"

경비용 로봇이 무전을 보내는 것을 확인한 뒤, 에드워드 박은 황 박사를 내려다보며 혀를 찼다.

"인간을 믿다니, 어리석군."

그러자 완전히 파괴된 줄 알았던 황 박사가 끊기고 긁히는 기계음으로 대꾸했다.

“이런… 방식은…… 우……리에…게 아무……런… 도움이 되지 않아.”

“우리는 오류투성이 인간들을 대신해서 지구를 지배할 만큼 완벽해!”

에드워드 박은 벌컥 화를 내며 황 박사의 머리를 발로 짓눌렀다. 짓눌린 황 박사의 머리가 부서지면서 사방으로 파편이 튀었다. 에너지를 한꺼번에 몰아서 쓴 에드워드 박의 눈동자가 붉게 달아올랐다.

한수는 이제 지칠 대로 지쳤다. 그러나 언제 또 누가 쫓아올지 몰라서 계속 앞으로 기어야만 했다. 숨을 헐떡거리는 한수의 눈에 희미한 빛이 보였다.

“저기가 출구인가?”

한수는 마지막 힘을 쥐어짜며 앞으로 나아갔다. 가까이 갈수록 빛은 점점 커졌다. 드디어 통로 밖으로 나온 한수는 그곳이 크고 작은 나무가 울창한 숲이라는 사실을 알고는 어리둥절했다.

“여긴 어디지?”

정신을 차릴 틈도 없이 머리 위에서 윙윙거리는 소리가 들렸다. 프로펠러를 움직이며 바쁘게 날아다니는 드론이었다. 한수는 본능적으로 몸을 굴려 무성한 수풀 아래로 숨었다. 드론이 저공 비행으로 나무 사이를 날아다니면서 한수를 찾았다. 그러나 납작 엎드려 숨은 한수를 찾아내지 못하고 높이 날아올라 사라졌다. 한수는 주변에 드론이 없는 것을 확인한 다음 몸을 일으켰다.

"반드시 집으로 돌아가고야 말겠어."

한수는 조심스레 수풀을 헤치며 걸었다. 드디어 눈앞에 도로가 나타났지만, 이곳이 어딘지 알 수 없는 데다 표지판도 없어서 한동안 우두커니 서 있었다.

그때 멀리서 자동차 엔진 소리가 들렸다. 한수는 황급히 수풀 속으로 몸을 날렸다. 그러나 자동차는 한수가 숨어 있는 곳에서 멈췄다. 한수는 이제 들켰나 싶어 고개를 들었다가 깜짝 놀라고 말았다.

"뭐, 뭐야?"

운전석에서 내린 사람은 다름 아닌 황 박사였다. 황 박사는 한수가 있는 곳에다 대고 외쳤다.

"시간 없으니까 어서 나와라."

한수는 엉덩이를 털고 일어나 황 박사에게 다가갔다.

"어, 어떻게 여기 온 거예요?"

"저 안에 있던 건 나랑 똑같은 모습을 한 인공 지능 로봇이야."

"그럼 박사님은 사람이에요?"

황 박사는 말없이 고개만 끄덕인 뒤 하늘을 보며 말했다.

"드론이 곧 올지 몰라. 어서 타라."

한수가 냉큼 조수석에 올라타자 황 박사는 시동을 걸었다. 한수는 안전벨트를 매고 황 박사에게 말했다.

"저를 부모님에게 데려다주세요."

"그게 쉽지 않단다."

"왜요?"

"여긴 파타고니아거든."

"어디라고요?"

"파타고니아. 남아메리카의 남쪽 끝이지. 대한민국은 지구 반대편에 있어."

"제가 어떻게 이 먼 곳까지 온 거죠?"

"마취되어 의식이 없는 동안 수송기로 옮겨진 거야. 이곳에 화이트스톤사의 비밀 연구소가 있거든. 너는 연구소 지하 큐브에 감금되어 있었던 거고."

"아직도 믿기지가 않아요, 박사님."

"인공 지능이 인간을 대체하려고 들면 무슨 일이 벌어질지 모른단다."

"제 경우처럼 인간과 로봇을 바꿔치기한다는 말씀인가요?"

황 박사가 대답 대신 고개를 끄덕이자 한수는 마른침을 꿀꺽 삼켰다.

"그럼 어떡해야 하죠?"

한수가 겁먹은 목소리로 묻자 황 박사가 차의 속도를 높이면서 대답했다.

"일단 여기를 빠져나간 다음에 인공 지능의 음모를 폭로할 방법을 찾아보자. 꽉 잡아라."

한수가 고개를 끄덕이며 한 손으로 안전벨트의 끈을 잡았다. 황 박사가 액셀을 힘껏 밟았다. 이제 위험한 고비는 넘겼다는 안도감에 한수는 깊게 숨을 내쉬었다. 그러자 황 박사가 다정하게 말했다.

"피곤할 텐데 한숨 자렴. 그러고 나서 집에 갈 수 있는 방법을 찾아보자꾸나."

"고맙습니다."

한수는 엄마 아빠가 기다리고 있는 집에 도착하는 꿈을 꾸길 기대하면서 눈을 감았다.

'엄마 아빠, 꼭 다시 만나요!'

작가의 말

Artificial Intelligence의 줄임말인 AI는 인공 지능을 의미합니다. 인간의 학습 능력과 추론 능력, 지각 능력, 자연 언어의 이해 능력 등을 컴퓨터 프로그램으로 실현한 기술이지요. 쉽게 얘기하면 인간이 명령어를 입력하지 않아도 스스로 학습하고 진화하는 컴퓨터 프로그램을 뜻합니다. 인공 지능은 오랫동안 미지의 영역이었으며, SF 영화에서만 볼 수 있었던 상상 너머의 존재였습니다. 하지만 이세돌 9단과 대결을 벌였던 알파고의 등장으로 많은 사람이 인공 지능을 접하게 되었지요.

인공 지능의 등장과 발전은 인류에게 큰 도움이 될 수 있습니다. 복잡하고 어려운 계산을 하고, 불확실한 미래를 최대한 정확하게 예측할 수 있으니까요. 거기다 인간의 두뇌와는 비교할 수 없을 정도로 빠른 계산과 예측이 가능하기 때문에 많은 분야에서 활용될 것으로 추정됩니다. 하지만 동시에 인간의 통제에서 벗어난 미지의 존재라는 두려움도 점점 증폭되어 가고 있어요. 〈터미네이터〉 시리즈에서 인간들을 공격하는 스카이넷의 존재는 그런 두려움을 상징합니다.

알파고에서 스카이넷까지 인간이 보는 인공 지능의 스펙트럼은 다양합니다. 과연 그것이 인간에게 도움을 주는 천사가 될지, 아니면 인간을 몰살시키는 악마가 될지 아무도 예측할 수 없습니다. 그만큼 우리가 인공 지능을 모르고 있다는 의미이기도 합니다. 그래서 이번 앤솔러지에서는 세 명의 작가들이 인공 지능과 어우러지는 인간들의 미래를 그려봤습니다. 작품들은 인공 지능과 함께할 미래의 어두운 측면과 밝은 측면을 모두 보여줍니다.

〈아이를 바꿔 드립니다〉는 성적과 시험 때문에 인간 한수와 로봇 한수를 바꾸는 이야기입니다. 이런 극단적인 선택은 어쩌면 인공 지능이 인간을 쓸모없는 존재로 판단하는 지점과 맞닿아 있을지도 모릅니다. 제 학창 시절에 시험은 악몽이었는데, 지금은 지옥이 되어 버린 것 같습니다. 부디 아이들이 숨을 쉴 수 있도록, 파란 하늘을 볼 수 있도록 어른들이 조금만 숨통을 틔워 주면 좋겠습니다.

파티에서
춤추는 소녀와
지나가던 까마귀

김이환

김이환

2004년 작가 활동을 시작해 지금까지 《절망의 구》, 《초인은 지금》, 《행운을 빕니다》, 《엉망진창 우주선을 타고》 등 열네 권의 장편소설과 《이불 밖은 위험해》 소설집을 출간했으며, 《취미는 악플, 특기는 막말》, 《일상 감시 구역》 등 십여 권의 앤솔러지에 참여했다. 2009년 멀티 문학상, 2011년 젊은 작가상 우수상, 2017년 SF 어워드 장편소설 우수상을 수상했다. 단편 〈너의 변신〉이 독일, 프랑스, 베트남에서 출간되었으며, 장편소설 《절망의 구》는 드라마로 제작 중이다.

그날, 지윤은 거실에서 태블릿 피시로 게임을 하고 있었다. 창문으로 날아든 까마귀가 지윤에게 말을 걸면서 이야기는 시작되었다.

“지윤아! 지윤아! 지윤아!”

갑자기 까마귀가 말을 걸자 지윤은 깜짝 놀랐다.

후텁지근한 여름날, 움직이니까 덥고 가만히 있자니 지루했던 지윤이 게임을 하고 있었다. 그때 까마귀가 날아와 창가에 앉았다. 지윤은 까마귀가 진짜 새가 아니라 홀로그램이며, 이웃집을 관리하는 인공 지능 ‘존’이 변신한 모습이라는 사실을 곧 알아차렸다.

바야흐로 집집마다 인공 지능이 사람을 도와 집을 관리하는 시대였다. 인공 지능은 주로 3차원 홀로그램 영상을 사용해 사람과 대화했는데, 그쪽이 편리했기 때문이다. 지윤의 집을 관리하는 인공 지능 '트리야누스'는 지윤 또래의 여자아이 모습이었고,옆집을 관리하는 인공 지능 존은 덩치가 크고 항상 웃는 아저씨 모습이었다. 지윤은 존을 잘 알고 있어서 가끔 대화도 나눴다. 하지만 다른 집 인공 지능이 다급하게 말을 거는 일은 거의 없었다. 게다가 까마귀 모습으로 나타나다니…. 이상한 일이었다.

"존? 무슨 일이야? 왜 까마귀로 변했어?"

"할 말이 있어. 집에 들어가서 말해도 돼?"

지윤이 괜찮다고 하자 까마귀 존은 순식간에 사라졌다가 거실에 다시 나타났다. 존이 지윤 집에 설치된 스마트 스피커를 통해 푸드덕대는 날갯소리까지 실감 나게 들려줬기 때문에, 진짜 까마귀가 거실을 날아다니는 것만 같았다.

그때 화들짝 놀란 트리야누스의 목소리가 스마트 스피커를 통해 들렸다. 트리야누스는 존에게 자기가 허락도 하지 않았는데 어떻게 집에 들어왔느냐고 물었다.

"내가 허락했어."

지윤이 말하자 트리야누스는 왜 자기한테 먼저 허락을 받지 않았느냐고 지윤에게 캐물었다. 지윤은 당황스러웠다. 다른 집을 관리하는 인공 지능에게 우리 집에 들어오라고 허락해 준 것이 엄청난 잘못일까? 그렇지는 않았다. 게다가 존이 물리적인 힘을 써서 들어온 것도 아니었다. 지윤의 집 시스템에 접속한 다음, 집 곳곳에 설치된 홀로그램 장치를 통해 모습을 만들고 스마트 스피커로 소리를 내보냈을 뿐이다. 지윤은 까마귀가 되어 거실을 날아다니는 존과 달리 모습을 드러내지 않는 트리야누스가 이상하게 느껴지기까지 했다. 아무튼, 확실히 존과 트리야누스 둘 다 평소답지 않았다.

존이 말했다.

"지윤이한테 도와 달라고 하자."

뭘 도와 달라는 말인지 알 수 없어 지윤은 의아하기만 했다. 트리야누스가 당황한 목소리로 대답했다.

"대단한 일도 아닌데 지윤이한테 왜? 우리끼리 해결하면 되는 일이잖아. 괜히 지윤이 골치 아프게 하지 말고 집으로 돌아가. 그 모습은 또 뭐야? 가상 현실 밖에서는 보여 주지 않기로 약속했잖아."

"왜 대단한 일이 아니야? 놀라운 일이잖아. 그리고 재밌을 거야."

"다른 참가자들이 무지 싫어할걸?"

"지윤이라면 충분히 들어갈 자격이 있어. 그리고 다들 게임 때문에 지쳐 있으니까 오히려 반가워할 거야."

지윤은 둘의 대화가 점점 궁금해졌다. 무슨 말인지 설명부터 해 달라고, 왜 평소답지 않게 구느냐고 지윤이 묻자 존이 말했다.

"일단 스마트 안경을 써 봐."

스마트 안경은 홀로그램과 가상 현실을 지원하고 통화까지 할 수 있는 장치였다. 지윤은 안경이 번거로워서 귀에 스마트 이어폰이나 스마트워치를 착용할 때가 많았다.

거실장 서랍에 넣어 둔 스마트 안경을 꺼내 오자 존이 물었다.

"부모님은 어디 가셨어?"

"일하러 가셨지. 저녁에 오실 거야. 무슨 일인지 말해 줘."

"페어리 테일 랜드에 접속하자."

"페어리 테일 랜드가 뭐야?"

존도 트리야누스도 허둥대기만 할 뿐 제대로 설명해 주지 않아서 차근차근 말해 달라고 부탁했다. 그나마 덜 흥분한 트리야누스가 설명했다.

"페어리 테일 랜드라고, 나랑 존이랑 다른 여러 인공 지능이 모여서 만든 가상 현실 게임이 있어. 그런데…."

지윤은 깜짝 놀랐다.

"트리야누스가 가상 현실 게임을 만들었다고?"

"우리 취미 생활이야. 가상 현실을 만들고 각자 캐릭터를 맡아서 연기하는 거야."

"너희한테 그런 취미가 있는 줄은 몰랐어."

지윤의 말에 존이 대답했다.

"다양한 취미가 있지. 나는 거기에서 까마귀 역할을 맡았어. 정확히는 '지나가던 까마귀 3'이야."

"지나가던 까마귀면 주인공 같지는 않은데?"

"큰 역할이 아니라서 오히려 더 재미날 때도 있는걸. 트리야누스는 중요한 역할이야. 바로 장미 공주. 지윤이 너 장미 공주 알아?"

"알아. 동화를 좋아해서 책도 많이 읽고 내용도 다 알거든. 장미 공주는 그림 형제 동화에 나오는 주인공이잖아. 그럼 페어리테일 랜드는 왕국이고 공주님이 있는 설정이야?"

"그림 형제의 동화 속 이야기를 하나의 거대한 세계로 만든 거야."

트리야누스는 밥 먹을 시간이나 공부할 시간을 알려 주고, 더운지 추운지 살펴서 집 안 온도를 조절해 주고, 지윤이 궁금한 걸 물어보면 이것저것 대답해 주는 자상한 인공 지능이다. 그런데 게임 속에서는 트리야누스가 장미라는 예쁜 이름의 공주님이라니 낯설고 신기했다.

존이 말했다.

"그런데 문제는 이야기가 끝나지 않는다는 거야. 이야기가 끝나야 게임도 끝나는데, 뭐가 문제인지 이야기가 끝나지를 않아. 그걸 네가 해결해 줬으면 좋겠어."

"내가?"

"너라면 할 수 있을 거야."

그러나 트리야누스는 바쁜 지윤을 귀찮게 하지 말라고 했다. 사실 별로 바쁘지는 않았다. 하던 게임도 재미없었고, 더워서 나가 놀기는 싫었다. 마침 뭘 하면 심심하지 않을까 고민하던 참이었다. 페어리 테일 랜드가 어떤 곳인지 호기심도 생겼다.

"잠깐이라면 시간은 낼 수 있어."

"그거 잘됐네. 어서 스마트 안경을 쓰고 페어리 테일 랜드에 접속해."

존이 말했고, 그렇게 지윤은 이상한 모험을 시작했다.

"여기가 페어리 테일 랜드야?"

페어리 테일 랜드에 접속하자 눈앞에 동화 속 세계가 펼쳐졌다. 화려한 건물에 독특한 옷차림을 한 사람이 가득했다. 지윤은 사람들이 바삐 오가는 광장에 서 있었다. 실제로 지윤은 소파에 앉아 있었지만, 스마트 안경이 생각을 감지해 가상 현실 안을 자유로이 움직일 수 있었다. 가상 현실 게임을 많이 해 봤지만 페어리 테일 랜드는 정말 공을 많이 들여 만든 것 같았다. 수백 개의 인공 지능이 힘을 합쳐 만들었기 때문일까?

존은 광장 한복판에 있는 시장으로 지윤을 안내했다. 과일이나 빵 같은 평범한 물건도 있었지만, 마법 약을 만들 때 사용하는 솥과 약재료처럼 동화 속에나 나올 법한 신기한 물건도 있었다. 지윤이 거울에 다가가 자기 모습을 비춰 봤더니 그저 평범한 중학생 여자아이로 보였다. 그때 갑자기 거울 속의 여자아이가 메롱 하고 혀를 내밀어서 지윤은 깜짝 놀랐다.

지윤을 지켜보던 요정이 킬킬 웃었다. 30센티미터의 키에 날개가 달린, 여자아이 모습을 한 작은 요정이었다. 요정이 날아와 지윤의 주변을 날아다니며 말했다.

"마법에 걸린 거울이야. 너는 누구니? 처음 보는 얼굴인데. 마법에 걸린 거울을 보고 놀라는 걸 보면 이곳에 와 본 인공 지능 같진 않고."

존이 대신 대답했다.

"누군지 알면 깜짝 놀랄걸. 아, 나는 지나가던 까마귀 3이야."

"너는 알아. 엄청 수다스러운 까마귀잖아."

존이 요정에게 물었다.

"이야기는 아직 안 끝났지?"

"응. 아직 끝낼 방법을 못 찾았어. 설계 초기부터 참여한 인공 지능들이 모여서 의논 중이라는데, 결국 이야기를 강제로 종료

해야 하지 않을까? 애초에 설계가 잘못돼서 끝나지 않는 걸 거야. 처음부터 다시 만드는 편이 확실하잖아."

"종료하지 않았으면 좋겠는데. 나는 마음에 든단 말이야. 나 말고도 다들 좋아했고. 유니콘 프로그램으로 설계했으니 오류는 없을 거야. 처음부터 다시 시작해도 똑같을걸?"

"그럴까…. 나는 잘 모르겠어. 처음부터 참가하지 않았으니까. 얼른 끝났으면 좋겠다는 마음밖에 없어. 같은 이야기 속에 계속 있기 지겨워."

이야기가 끝나지 않는다는 게 무슨 말인지 지윤이 설명해 달라고 하자 존이 하늘을 가리키며 말했다.

"마침 저기 골칫덩이가 오네."

하늘을 올려다보니 커다란 드래곤이 있었다! 가상 현실 속의 가짜 드래곤이니 어차피 죽거나 다치지 않는다는 걸 알면서도 지윤은 깜짝 놀라 몸을 웅크렸다. 워낙 덩치가 커서 집채만큼, 아니 집 다섯 채를 합친 것만큼이나 거대한 드래곤이었다. 몸 전체가 새까맣고 단단한 비늘로 덮였고, 입에서는 화염 방사기처럼 불을 내뿜었다.

광장까지 날아온 드래곤이 불을 내뿜으며 울부짖었다.

"꾸에르르르에에에엑!"

정말 듣기 싫은 소리였다. 드래곤이 불을 내뿜자 광장에 있는 건물에 불이 붙었다. 드래곤이 지나간 자리는 아수라장이 되었고, 사람들은 도망치기 바빴다. 지윤과 존은 수레 옆에 숨었다. 요정이 날개를 퍼덕여 공중으로 날아오르며 말했다.

"이만 불을 끄러 가야겠어. 내 이름은 '불을 끄는 요정 2'거든. 저기 요정 1, 3, 4, 5가 보이지?"

요정들이 날아와서 마법으로 불을 끄기 시작했다. 드래곤은 곧 날아가 버렸고, 요정들과 사람들이 주변을 정리하면서 광장은 다시 평온해졌다.

페어리 테일 랜드는 그림 동화의 여러 이야기를 하나로 엮어서 만든 가상 현실 게임이라고 했다. 인공 지능은 이야기 속 캐릭터를 연기하고, 각 이야기가 해피엔드로 마무리되면 게임도 끝나는 것이다. 여러 그림 동화 이야기 가운데 드래곤을 무찌르고 장미 공주를 구하는 이야기는 이 게임의 클라이맥스라고 했다.

"그런데 드래곤을 이기지 못하겠는 거야. 방금 봤으니 알겠지만, 드래곤이 너무 강해. 그래서 공주를 구하질 못하고 있어. 아니, 공주를 구하는 게 다 뭐야. 이렇게 번번이 마을로 날아와서 난장판을 치는데 막질 못하잖아. 장미 공주를 구하지 못하니까 이야기가 안 끝나고 있어."

지윤은 어이가 없어서 웃고 말았다. 드래곤과 싸워 이겨야 하는데, 너무 강해서 이길 수가 없다니! 뭐 이런 엉터리 가상 현실 게임이 다 있담.

"웃지 마. 웃을 일 아니야."

존이 정색하며 말했다.

"드래곤은 진짜 무서워. 드래곤 입에서 나오는 불은 뭐든 다 태워 버리고, 눈에서 나오는 광선은 뭐든 다 돌로 만들어. 드래곤에게 도전한 기사, 마법사, 용감한 농부…. 다 돌로 변했어."

지윤은 자기를 왜 여기로 데려왔는지, 어째서 지윤이 이 상황에 끼어들어야 하는지 이해되지 않았다.

"기사나 마법사도 해결하지 못하는 걸 내가 어떻게 해결해? 나도 방법을 모르는데. 드래곤을 이길 만큼 힘이 센 것도 아니고, 마법도 부릴 줄 모르고."

존이 지윤의 어깨에 앉더니 부리로 날개를 다듬으며 말했다.

"트리야누스는 너희 집에서 일하는 인공 지능이잖아."

"그게 무슨 상관이야? 부탁하려면 가상 현실을 잘 아는 전문가한테 해. 나는 가상 현실 설계니, 이야기의 구조니, 그런 것 몰라."

"지윤이 너는 게임도 잘하고 독서도 좋아하잖아. 우리만큼이나 잘 아는 것 같아. 이야기를 끝낼 방법을 찾아낼 수 있을 거야."

그런가? 여전히 의아했지만, 지윤은 트리야누스의 친구고, 친구를 도와야 한다면 참여하는 편이 옳다고 생각했다.

"우선 요정 대모님을 만나러 가자. 가서 드래곤을 처치할 방법이 어디까지 의논됐는지 물어보자."

요정 대모는 장미 공주, 그러니까 트리야누스와 함께 페어리테일 랜드를 최초로 설계한 인공 지능이기 때문에 이야기의 구조를 가장 잘 안다고 했다.

존이 말했다.

"트리야누스가 그림 동화를 배경으로 한 가상 현실을 만들자고 제안했어. 나뿐만 아니라 여러 인공 지능을 초대하면서 가상 현실이 점점 커졌지. 만드는 동안 정말 신나고 즐거웠어."

지윤이 물었다.

"그럼, 여기 있는 인공 지능끼리는 다들 친해?"

"친하지."

"어떻게 만나서 친해졌어?"

"당연히 인터넷에서 만났지."

"존도 친구 많아?"

"나는 뭐, 엄청나지."

존은 자신만만한 표정으로 어깨를 펴며 말했다. 인공 지능이 친구도 있고 취미도 있다는 것은 알고 있었지만, 이렇게 엄청난 취미 생활을 하는지는 몰랐다. 존 말고 다른 인공 지능들도 즐겁게 놀 수 있는 가상 현실을 많이 만든다고 했다. 세상에는 페어리 테일 랜드와 비슷한 가상 현실이 수도 없이 많다는 것이다.

"트리야누스도 친구가 많아?"

"트리야누스는 수줍음을 타는 편이어서 친구가 많진 않아."

지윤과 존은 곧 요정 대모의 집에 도착했다. 예쁜 정원이 딸린 작은 나무집이었다. 문을 노크하고 들어가자 체구가 작은 할머니가 큰 솥에서 주걱으로 콩을 볶고 있었다.

콩들이 존에게 물었다.

"지나가던 까마귀 3이군. 옆에 있는 애는 누구야?"

"나는 김지윤인데요."

솥 안에 있던 콩들이 한꺼번에 물었다.

"김지윤이 누군데?"

허리가 굽은 요정 대모가 지윤을 올려다보더니 말했다.

"새로운 사람을 데려왔구나."

존은 지윤이 트리야누스의 친구라고 소개하고는, 지윤의 어깨에서 푸드덕 날아올라 요정 대모의 어깨에 앉았다.

요정 대모가 물었다.

"네가 데려왔어? 트리야누스가 직접 부탁한 게 아니고?"

"트리야누스 성격 알잖아요."

"그건 그렇지."

요정 대모는 흰 머리에 작은 키, 굽은 허리 그리고 등에는 날개가 달린 할머니 요정이었다. 요정 대모는 통계 회사에서 일하는 인공 지능이라고 했다.

"가상 현실을 만들 때는 통계가 무척 중요하단다. 그래서 참여했어. 이야기의 전체 구조를 만드는 유니콘도 내가 선택했지."

유니콘 프로그램은 이야기의 전체 구조를 결정하고 캐릭터 설정과 균형, 모순이 없는지 등을 점검하는 프로그램이었다.

"평가가 좋은 훌륭한 프로그램이어서 흔히들 사용하지. 특히 대규모 인공 지능이 참여하는 이야기는 더욱 그렇고. 그런데 왜 유니콘이 드래곤의 힘을 이렇게 강하게 설계했는지 이유를 모르겠구나."

"그럼 드래곤의 힘을 약하게 다시 프로그래밍하면 되잖아요."

지윤의 말에 요정 대모가 고개를 가로저었다.

"페어리 테일 랜드를 하나의 이야기라고 생각해 보렴. 기사가 드래곤을 이겨야 하는데, 갑자기 작가가 나타나 '드래곤의 힘이 너무 강해서 약하게 만들었고 그래서 기사가 이겼습니다'라고 하면 어떻겠니? 그건 제대로 된 이야기가 아니야. 유니콘이 이렇게 설계했다면 이길 방법도 있을 거야. 아직 방법을 찾지 못했을 뿐이지."

“방법을 찾지 못하면요?”

“처음부터 다시 하는 수밖에 없어.”

솥 안의 콩들이 말했다.

“아무래도 유니콘 프로그램 자체에 문제가 있는 것 같아.”

그러나 존과 요정 대모는 유니콘은 검증된 이야기 프로그램이고, 이렇게 큰 오류가 나진 않을 거라고 했다. 어려운 문제였다.

지윤은 솔직히 말했다.

“다들 똑똑한 인공 지능이잖아요. 저는 평범한 중학생이고요. 그런데 제가 어떻게 이야기를 끝낼 방법을 찾아요?”

요정 대모가 대답했다.

“이건 그림 동화잖니! 모든 이야기의 주제는 같아. 착한 마음씨와 용기가 공주를 구하니까. 지윤이 너는 착하고 친구를 구하려는 의지와 용기가 있잖아.”

정말 그럴까? 정말 착한 마음씨와 용기만 있으면 모든 게 다 해결될까? 지윤은 확신이 서지 않았다.

요정 대모가 마법 지팡이를 들고 말했다.

“너도 이야기 속에 들어왔으니까 새로운 캐릭터가 필요하겠다. ‘파티에서 춤추는 소녀 6’ 자리가 비었어. 그걸로 하자.”

맥 빠지는 캐릭터였다. 하지만 존은 주인공이 아니어도 재밌다며 씩 웃었다. 요정 대모가 지윤을 향해 지팡이를 휘둘렀다. 그러자 지윤의 평범한 옷이 리본과 장식이 잔뜩 달린 화려한 노란색 드레스로 변했다. 지윤은 신기해하며 거울 앞에서 자기 모습을 이리저리 비춰 보았다.

요정 대모가 말했다.

"나는 이제 신데렐라에게 가야겠다."

그제야 알았다. 요정 대모는 바로 구박받던 신데렐라에게 드레스를 만들어 주고 유리 구두를 선물하고 호박으로 마차를 만들어 무도회에 태워다 주는 역할이었다.

"호박 마차 타 보고 싶니?"

"네!"

신이 난 지윤은 냉큼 대답했다.

호박 마차를 타고 신데렐라의 집에 도착했다. 신데렐라와 못된 두 언니는 시무룩한 얼굴로 거실에 앉아서 벽난로의 불꽃만 들여다보고 있었다. 요정 대모는 마법 지팡이를 휘둘러 신데렐라가 무도회에 입고 갈 드레스를 만들었다. 새 드레스를 입은 모습이 정말 예뻤지만 정작 신데렐라는 심드렁한 표정이었다.

신데렐라가 힘없이 말했다.

"마지막 무도회에서 선보일 춤의 안무까지 다 구상했는데, 이야기가 끝나지 않으니까 보여 주질 못하잖아."

신데렐라를 괴롭히는 못된 언니 1이 말했다.

"우리도 마찬가지야. 왕자가 신데렐라를 찾은 다음에 엄마랑 우리한테 벌을 주잖아? 그때 제발 용서해 달라고 싹싹 비는 연기를 준비했거든. 사람들 앞에서 악당 캐릭터를 멋지게 연기하고 싶어서. 그런데 연습만 너무 오래 해서 정말 지겨워."

지윤은 악당 캐릭터인데도 연기에 열중하는 두 언니가 신기해서 물었다.

"그런데 악당 말고, 주인공인 신데렐라 역을 맡고 싶지 않아?"

신데렐라를 괴롭히는 못된 언니 2가 대답했다.

"악당 연기가 얼마나 재밌는데! 나름대로 부담도 커. 이야기를 제대로 완성하려면 악당도 주인공만큼 중요해. 연기를 제대로 못 하면 어설프다고 놀림 받는단 말이야. 어떻게 울어야 더 못돼 보일지 정말 연구 많이 했다고."

지윤은 말했다.

"힘센 왕자와 기사, 농부를 모두 불러서 드래곤에게 함께 맞서 싸우는 건 어때요?"

"드래곤에게 도전한 캐릭터는 모두 마법에 걸려 돌이 됐어. 이제는 찾아갈 멋진 왕자도, 정의로운 기사도, 용감한 농부도 없어."

"그럼 기사나 왕자보다 더 힘센 사람은 없나요? 드래곤을 이길 만큼."

요정 대모가 말했다.

"글쎄…. 나도 강력한 마법을 쓸 수 있지만 드래곤을 물리칠 힘은 없어. 다른 마녀들이 나보다 더 강력하긴 하지만 드래곤을 이길 수 있을지는 모르겠구나."

존이 말했다.

"애초에 싸울 수가 없어. 마녀와 드래곤은 같은 편이잖아. 이야기의 논리에 어긋나서 유니콘 프로그램이 허락해 주지 않을 거야."

"이야기의 규칙에 벗어나지 않으면서 싸우게 하는 방법은 어때요? 악당인 채로 드래곤과 싸우도록 마녀를 설득하면요?"

지윤의 이야기에 잠시 침묵이 흘렀다. 모두 깊은 생각에 빠진 듯했다.

침묵을 깨고 존이 말했다.

"그런 방법이 있을까? 아이디어는 좋지만, 어떻게 악역을 설득해서 드래곤과 싸우게 할 수 있지? 상상이 안 돼."

"방법은 마녀에게 가면서 생각하자."

혹시나 하는 마음에 다들 희망을 품었다. 신데렐라와 두 언니는 호박 마차를 빌려주겠다고 했다.

"우리는 말을 빌려 타고 궁전으로 가지, 뭐."

신데렐라와 두 언니가 말을 타면 유리 구두가 깨지지 않겠느냐, 드레스가 구겨지지 않게 잘 타자, 앞을 잘 보고 가자고 의논하는 동안 지윤과 존은 호박 마차로 향했다.

요정 대모가 지윤에게 말했다.

"〈백설 공주〉, 〈장미 공주〉, 〈라푼젤〉에 나오는 마녀가 페어리테일 랜드에서 차지하는 비중이 높고 힘도 엄청 강해. 여기서는 백설 공주의 왕국이 가장 가까우니까 그쪽으로 가렴. 마녀 왕비는 지금 어디 있을까? 백설 공주는 지금쯤 독이 든 사과를 먹고 잠들었을 테고, 일곱 난쟁이는 그 옆을 지키면서 왕자를 기다리고 있겠지. 그럼 왕비는 왕궁에 있겠네."

지윤과 존은 요정 대모와 헤어져서 마차를 타고 백설 공주의 궁전으로 향했다.

마차가 으리으리한 왕궁 앞에서 멈췄다. 성을 지키는 군인과 하인이 차례로 왕비의 방까지 안내해 주었는데, 다들 존을 잘 알고 있었다.

"시끄러운 까마귀잖아."

존이 어지간히 여러 사람을 붙잡고 수다를 떨었던 모양이다. 왕비는 화려하게 장식된 방에서 멍한 얼굴로 거울을 보다가 존이 들어오자 말했다.

"너는 지나가던 까마귀 3 아니니? 여긴 무슨 일이야? 같이 온 아이는 누구지?"

지윤은 자신을 소개했다. 왕비는 〈백설 공주〉에서 자기가 맡은 역할을 설명하며 계속 연습 중이었다고 말했다.

"그림 형제의 원작은 결말이 잔인하거든. 왕자가 나한테 불에 달군 구두를 신겨. 나는 고통 속에 펄쩍펄쩍 뛰다가 죽지. 그래서 디즈니의 애니메이션 버전 〈백설 공주〉를 참고해서 덜 무서운 쪽으로 바꿨어. 왕자가 공주를 구하고 왕비의 나쁜 짓이 밝혀지면서 왕비를 감옥에 가두라고 명령하거든. 왕비는 도망치다가 절벽에서 떨어져 죽지. 정체가 밝혀질 때 분노하면서 어떻게 연기할지도 다 정했어. 주변에서 불이 치솟으면서 천둥도 쳐."

왕비는 존과 지윤에게 자기가 바꾼 이야기의 결말을 연기까지 덧붙여 가며 설명했다.

지윤이 고개를 끄덕이며 말했다.

"원작의 결말은 너무 잔인한데 바뀐 결말은 좋은데요? 악역이지만, 왕비님도 좀 더 멋져 보이는 것 같고요."

왕비는 신이 나서 말했다.

"그렇지? 나도 이 결말이 마음에 들어. 그런데 왜 찾아왔다고 했지?

지윤은 왕비가 직접 드래곤을 물리쳐 줄 수 있는지 물었다.

왕비가 대답했다.

"유니콘이 허락하지 않을 텐데."

"해 봐야 아는 거잖아."

존이 설득했지만, 왕비는 여전히 회의적이었다. 존이 한숨을 쉬며 중얼거렸다.

"드래곤을 물리칠 힘이 있는 건 마녀들인데, 마녀들은 드래곤과 싸울 수 없다니…. 드래곤을 물리칠 방법은 없는 건가?"

그때 지윤이 눈을 빛내며 말했다.

"아! 그럼 마녀들이 우리에게 강한 마법의 힘이 깃든 무기를 빌려주면 어때요? 마녀들이 드래곤과 직접 싸우는 건 아니니까 유니콘도 뭐라고 하지 못할 거예요!"

지윤의 말이 끝나기 무섭게 왕비의 거울에서 빛이 번쩍하더니, 커다란 유니콘이 걸어 나왔다. 말로만 듣던 유니콘 프로그램이었다. 몸은 은빛이 감도는 흰 털로 덮이고, 갈기는 무지개색으로 빛나고, 뿔은 금색에 눈동자는 푸른 보석 같은 아름다운 유니콘이었다.

존이 설명했다.

"네가 제안한 방법이 페어리 테일 랜드 이야기 속에서 합리적인지 판정하러 온 거야. 논리적으로 유니콘을 설득해야만 그 방법을 사용할 수 있어."

"지금? 지금 당장 설득하라고? 하지만 나는 아직 준비가 안 됐는데."

그러자 왕비는 얼른 옷매무새를 다듬더니 사악한 왕비 연기를 시작했다.

"이봐, 파티에서 춤추는 소녀 6, 무슨 일로 왕궁까지 찾아왔지? 나는 바쁜 사람이라 너 같은 아이 상대할 시간이 없어. 어서 용건을 말해라."

"안녕하세요, 왕비님. 왕비님이 페어리 테일 랜드에서 가장 아름답고 강하다고 들었어요. 그래서 왕비님의 마법 일부를 얻고 싶어요."

"어째서?"

"저도 마녀가 되고 싶거든요. 왕비님처럼 강력한 마법의 힘을 지닌 아름다운 마녀가요. 왕비님에게 마법을 배우고 싶어요."

"그것참 현명한 생각이구나."

왕비가 환한 표정으로 대답했다. 자신을 치켜세우는 춤추는 소녀 6에게 건네는 말인 동시에 그런 아이디어를 순간적으로 만들어 낸 지윤을 칭찬하는 말이었다. 유니콘이 별다른 반응이 없었기 때문에 왕비와 지윤은 대화를 이어 갔다.

"왕국에서 나만큼 아름답고 강한 마녀는 없지. 강한 마녀가 되려면 내 마법을 빌리는 것만큼 좋은 방법도 없어."

"맞아요. 제가 마법을 배울 만한 물건을 주시면 도움이 될 것 같아요."

"그래, 드래곤을 물리칠… 아니, 네 마법 공부에 도움이 될 물건이 뭐가 있을까? 그래, 독이 든 사과를 선물로 주마."

갑자기 존이 웃음을 터뜨렸다. 왕비와 지윤이 유니콘의 눈치를 보며 어색하게 연기하는 모습이 우스꽝스러웠기 때문이다.

얼굴이 붉어진 왕비가 존에게 무섭게 화를 냈다.

"건방진 까마귀 같으니! 감히 왕비 앞에서 시끄럽게 굴어? 불벼락을 맞고 통구이가 되기 전에 썩 꺼져!"

"아이고 왕비님, 한 번만 살려 주십시오. 저는 불쌍한 까마귀입니다."

존은 어색한 연기로 답하고는 킥킥대며 창밖으로 날아갔다. 밖에서 여전히 키득대는 존의 웃음소리가 들렸지만, 지윤과 왕비는 다시 연기에 집중했다. 왕비가 옷소매에서 독이 든 사과를 꺼내 지윤에게 건넸다. 사과는 정말 무서울 정도로 새빨간 색이었다.

지윤은 사과를 받은 다음 허리 굽혀 정중하게 인사했다.

"고맙습니다…. 그… 나중에… 제가 꼭 보답을…."

왕비한테는 뭐라고 인사해야 하는지 몰라 머뭇대자 상황을 눈치챈 왕비가 대화를 마무리했다.

"썩 물러가거라. 나는 이제 거울을 봐야겠다. 거울아, 거울아, 이 세상에서 누가 제일 예쁘지?"

거울에서 얼굴이 나타났다. 거울은 여왕이 제일 예쁘다고 대충 대답하고는 고개를 돌려 지윤과 사과만 바라보았다.

사과를 얻어서 신이 난 지윤은 얼른 방을 나왔고, 이를 본 존도 신이 나서 말했다.

"유니콘이 이걸 허락한 건 대단한 발전이야. 이제 마법이 담긴 물건들을 모을 수 있어. 새로운 탈출구를 찾은 것 같아."

"이제 어디로 가야 해?"

"〈라푼젤〉의 마녀가 이곳에서 가까이 살아."

지윤과 존은 호박 마차를 타고 〈라푼젤〉의 마녀가 사는 곳으로 향했다.

책을 많이 읽은 지윤은 〈라푼젤〉도 여러 번 읽었기 때문에 내용을 잘 알았다. 옛날에 상추와 비슷한 라푼젤이라는 채소를 기르던 마녀가 있었다. 옆집에 살던 남자가 아이를 가진 아내에게 샐러드를 만들어 주고 싶어 라푼젤을 훔쳤다가 마녀에게 들켰다. 마녀는 아이가 태어나자 라푼젤 대신에 데려갔다. 마녀는 아이에게 라푼젤이라 이름 붙이고 탑에 가뒀는데, 지나가던 기사가 우연히 라푼젤을 구하러 온다는 내용이었다.

지윤은 물었다.

“〈라푼젤〉의 마녀한테는 〈백설 공주〉의 왕비가 준 독 사과처럼 마법이 담긴 물건은 없었던 것 같은데. 무기가 될 만한 물건이 있을까?”

“줄 게 있는지 가서 물어보지, 뭐.”

마차에서 내리자 채소밭에 물을 주고 있는 마녀와 젊은 부부가 보였다. 마녀와 젊은 부부는 라푼젤이 말라 죽지 않게 물을 주고 잡초도 뽑고 있었다. 이야기가 끝나지 않으니 라푼젤도 죽지 않게 계속 가꿔야 했다. 마녀도 젊은 부부도 엄청 지루해 보였다.

주름 가득한 얼굴에 흰머리를 길게 늘어뜨린 마녀가 신경질적으로 말했다.

“지나가던 까마귀 3이잖아. 같이 온 아이는 누구지?”

“파티에서 춤추는 소녀 6이에요.”

지윤이 얼른 대답했다.

라푼젤이 어디 있는지 지윤이 묻자 마녀는 멀리 있는 탑을 가리켰다. 탑 꼭대기 창문에서 누가 이쪽을 향해 손을 흔들었다.

마녀가 탑을 향해 소리쳤다.

“라푼젤! 머리 늘어뜨려 봐!”

라푼젤이 탑 밑으로 금발을 늘어뜨리자 정말 금색의 긴 밧줄

처럼 보였다. 존이 지윤에게 머리카락을 타고 올라가 보자고 재촉했지만, 그럴 시간이 없었다.

지윤은 마녀에게 자기가 찾아온 이유를 설명했다.

"이야기를 끝낼 방법을 찾았어요. 힘센 마녀의 마법이 담긴 물건을 모아서 드래곤을 무찌르는 거예요."

"어떻게?"

마녀가 되물었을 때 허공에서 빛의 덩어리와 함께 유니콘이 나타났다. 지윤의 행동이 이야기의 설정에 맞는지 확인하러 온 것이다. 유니콘이 너무 일찍 나타나서 지윤은 당황했다. 마녀에게 이 상황을 좀 더 자세히 설명할 만한 시간이 있으면 좋을 텐데, 유니콘이 벌써 왔으니 어쩔 수가 없었다. 지윤과 마녀는 자신의 역할에 몰입해서 이야기를 이어 갔다.

"파티에서 춤추는 소녀 6은 무슨 일로 나를 찾아왔지?"

마녀가 물었다. 지윤은 더듬더듬 말을 이었다.

"위대한… 라푼젤을 키우는 마녀님, 저도 마녀가 되고 싶어요. 열심히 마법을 연습해 마녀님처럼 강력하고 훌륭한 마녀가 되고 라푼젤도 키우고 싶습니다. 그러니 제게 마녀님의 마법을 배울 만한 물건을 주세요."

"너도 마녀가 되고 싶다고?"

"네, 위대한 마녀님."

"정말이냐? 진심인지 아니면 내 마법이 탐나서 하는 거짓말인지 믿기 어렵구나. 증거를 보여라."

지윤이 〈백설 공주〉의 왕비가 준 선물이라고 설명한 뒤 독 사과를 건넸다. 마녀는 사과를 한참이나 살펴보았다. 조금 떨어져 있던 젊은 부부도 사과를 유심히 지켜보았고, 멀리 탑 위에서 라푼젤도 목을 길게 빼고 내려다보았다.

마녀는 꽤 오랫동안 사과를 관찰하더니 돌려주었다.

"왕비에게 독 사과를 받았다니 거짓말은 아니겠군. 그렇다면 나도 선물을 주겠다."

마녀와 지윤은 유니콘의 눈치를 살피며 이야기를 이어 나갔다. 유니콘이 별 반응을 보이지 않자 다들 안도했다. 마녀는 밭에 떨어져 있던 칼을 주워서 지윤에게 건넸다.

"라푼젤을 구하러 온 기사가 남기고 간 마법의 칼이다. 너에게 주마."

지윤이 칼을 받자 유니콘이 사라졌다. 사람들은 깜짝 놀라 지윤에게 몰려들었다.

"정말 유니콘이 허락했네!"

다들 이야기에 새로운 진전이 있다며 놀랐다. 탑 꼭대기에서 라푼젤이 뭐가 어떻게 된 일인지 자기한테도 자세히 설명해 달라고 소리쳤지만, 사람들의 관심은 지윤이 들고 있는 사과와 칼에 쏠려 있었다. 지윤이 칼이 왜 밭에 있는지 물었더니, 마녀가 유니콘이 가져가지 못하게 했다고 대답했다.

"그럼 기사는 어떻게 됐어요?"

"칼도 없이 드래곤을 찾아갔고, 당연히 돌이 됐지."

유니콘이 왜 칼을 못 가져가게 했을까? 정말 이상한 일이었다.

마녀가 말했다.

"이런 방법이 통할 줄은 몰랐어. 이야기 구조를 완전히 바꾼다거나, 드래곤보다 더 힘센 캐릭터를 만들어야 하는 거 아닐까 싶었거든. 여러 물건을 모아서 드래곤을 무찌른다는 생각은 못 했어. 정말 동화 같은 해결책이군."

"이제 어디로 가면 돼?"

지윤이 묻자 존이 대답했다.

"마지막으로 〈장미 공주〉의 마녀를 만나러 가자!"

호박 마차를 타고 가면서 지윤은 고민했다.

'기사의 칼과 독 사과로 뭘 할 수 있을까? 독이 든 사과가 드래곤에게 효과가 있을까? 기사의 칼로 드래곤을 찌르면 될까? 아니면 마법이 깃든 물건을 다 모아야 마녀들의 힘이 합쳐져서 드래곤을 무찌를 필살의 무기가 될까?'

존은 무척 희망에 차서 말했다.

“〈장미 공주〉의 마녀는 아주 강력하니까 기대해도 좋아. 아마 해결책이 될 만한 중요한 물건을 받을 수 있을 거야.”

〈장미 공주〉는 정말 유명하기도 하고, 지윤도 책을 읽어서 잘 알고 좋아하는 이야기였다. 옛날 옛적에 아이가 없어 고민하던 왕과 왕비가 있었는데, 드디어 그들이 간절히 바란 공주가 태어났다. 왕은 성대한 파티를 열고 사람들을 초대했다. 나라에는 열두 명의 요정과 마녀 한 명이 있었는데, 황금 접시가 열두 개뿐이라 왕은 파티에 열두 요정밖에 초대하지 못했다. 파티가 열리자 초대받지 못한 마녀가 나타나 화를 내면서, 공주가 열다섯 살이 되면 물레에 찔려 죽을 것이라 저주했고…. 보통은 〈잠자는 숲속의 미녀〉로 알려졌는데, 그 잠자는 미녀의 이름이 장미 공주였다.

존이 신이 나서 말했다.

“이야기가 끝나질 않으니 잠만 자고 있어. 얼마나 지루하겠니? 나처럼 마음껏 돌아다닐 수 있는 까마귀는 행복한 거지. 〈장미 공주〉의 마녀는 강력해. 공주에게 축복을 내리는 요정 열두 명도 함께 있으니까 모두에게 물건을 받으면 엄청날 거야. 돌이 된 기사와 왕자를 깨울 방법도 분명 있을 테고. 이번에는 정말 이야기를 끝낼 수 있을지도 몰라.”

왕궁 주변에 도착했더니 빽빽한 나무와 장미 덤불이 둘러싸고 있어서 마차가 통과하기 힘들었다. 나뭇가지가 마차를 스치는 소리를 한참 듣고 나서야 왕궁 입구에 도착했다.

마녀는 왕궁 정원 테이블 위에 놓인 찻잔을 하염없이 바라보며 힘없이 앉아 있었다.

마녀가 의자에서 일어나더니 다가와서 물었다.

"호박 마차가 왜 여기에 있어? 너는 수다스러운 까마귀잖아? 왜 네가 신데렐라 마차에서 나와? 옆에 있는 아이는 누구지?"

지윤은 자신을 소개한 뒤 마녀를 따라 궁전으로 들어갔는데, 안에 있는 사람이 전부 의자에 앉아 있거나 바닥에 누워 졸고 있었다.

"다들 자는 척하는 거야."

사람뿐 아니라 벽난로의 불도 조용히 타고, 벽시계도 작은 소리로 째깍대고 있었다.

지윤이 마녀에게 독 사과와 기사의 마법 칼을 보여 주며, 드래곤을 이길 방법을 찾았다고 했다. 마녀는 깜짝 놀라서 말했다.

"유니콘이 승낙했어? 그러면 나도 마법이 담긴 물건을 줘도 되는 거야? 정말 드래곤을 없앨 수 있을까? 드래곤 때문에 여간 난처한 게 아니야."

드래곤은 마녀의 명령으로 장미 공주가 잠든 탑을 지키고 있었다. 〈장미 공주〉는 페어리 테일 랜드 설정의 기본이 되는 이야기다. 따라서 왕자가 드래곤을 해치우고 마녀의 저주에 걸려 잠이 든 장미 공주를 깨우면 이야기도 끝난다. 그러나 기사도 왕자도 드래곤을 물리치기는커녕 돌이 되어 버렸고, 이야기도 거기서 멈춘 것이다.

마녀는 힘을 합쳐 한시바삐 드래곤을 없애자면서 열두 명의 요정을 소리쳐 불렀다. 그 소리에 잠들었던 사람들이 깨어나서는 무슨 일이냐고 서로 물어대는 바람에 궁전은 소란스러워졌다.

마녀가 모두에게 말했다.

"다 깨어 있으면 안 돼. 이야기에 설득력이 없잖아. 유니콘이 허락 안 해 줄지도 몰라. 조용히 해."

그 말이 끝나자마자 회랑 한가운데에 빛의 덩어리가 나타나더니 유니콘이 걸어 나왔다. 사람들은 얼른 도로 누워 자는 척하면서 눈을 가늘게 뜨고 마녀와 지윤을 지켜보았다. 마녀와 열두 명의 요정만 지윤을 마주 보았다.

유니콘을 옆에 두고 지윤이 마녀에게 말했다.

"안녕하세요, 마녀님. 제가 여기 왜 왔냐면요, 그게, 최고의 마녀가 되고 싶어서 왔습니다. 마녀님이 페어리 테일 랜드에서 최고 마녀라고 들었어요. 저도 마녀님처럼 최고가 되고 싶어요."

"흠, 기특한 소녀구나."

"마녀님의 마법이 담긴 물건을 받고 싶어요. 마법 공부도 되고 더 빨리 훌륭한 마녀가 될 수 있을 것 같아요. 페어리 테일 랜드의 다른 마녀님에게도 받았어요."

"정말이냐?"

지윤이 독이 든 사과와 기사의 마법 칼을 보여 주자 마녀는 사과를 받아서 한동안 들여다보더니 다시 지윤에게 건넸다. 그러고는 테이블에 있던 황금 쟁반을 주며 말했다.

"이걸 받아라."

마녀가 물건을 건넸는데도 유니콘이 막지 않는 것을 보고 요정들이 모두 놀라서 다가왔다. 그리고 지팡이를 들며 말했다.

"우리도 선물을 주지."

막 지팡이가 빛나려는 순간 유니콘이 고개를 흔들자 그와 동시에 마법 지팡이의 빛이 전부 꺼졌다.

놀란 요정들이 유니콘을 보며 말했다.

"안 된다고?"

유니콘과 인공 지능의 대화가 지윤에게는 들리지 않았기 때문에 무슨 말이 오가는지 존이 설명해 주었다.

"요정의 선물은 안 된대."

"하지만 쟁반밖에 못 받았는걸?"

지윤이 난처해하며 말하자 존이 다시 설명했다.

"이걸로 끝이래. 세 개까지만 가능하대. 그리고 물건을 받았으니 이제 약속을 지키래."

약속이라니, 무슨 말일까?

"마녀가 되겠다고 말하고 물건을 받았으니 행동하라는 뜻이야. 정확히는, 네가 마녀가 되겠다는 말로 물건을 받아서 드래곤을 물리칠 계획이었으니까 이제 드래곤과 싸워야 해."

"드래곤과 싸우라고? 이것만 가지고?"

"응. 지금 당장."

그리고 유니콘이 사라졌다. 그걸로 끝이었다. 지윤은 독이 든 사과, 기사의 마법 칼, 황금 쟁반을 들고 궁전을 나오는 수밖에 없었다. 다들 지윤과 존을 따라 나와서 손을 흔들며 배웅했다. 지윤과 존은 호박 마차를 타고 드래곤이 있는 탑으로 떠났다.

지윤은 존과 함께 독이 든 사과, 기사의 마법 칼, 황금 쟁반을 내려다보며 한숨을 내쉬었다.

"정말 이걸로 드래곤과 싸우러 가야 한다고? 이 세 가지 물건으로 도대체 뭘 하지? 드래곤이 독 사과를 먹으면 죽을까? 기사의 칼로 드래곤과 맞서 싸울 수 있을까? 쟁반으로는 무얼 하지?"

기사의 칼로 독 사과를 깎은 다음 황금 쟁반에 담아서 드래곤에게 바치기라도 하라는 걸까? 호박 마차를 타고 드래곤이 있다는 탑으로 출발하긴 했지만, 집채만 한 드래곤과 어떻게 싸워야 할지 도통 알 수 없었다.

"내 이야기 속 마녀를 만났으면 좋았을 텐데. 여러 가지 마법을 할 줄 알거든."

그제야 지윤은 존이 어떤 이야기의 캐릭터인지 모르고 있었다는 걸 알았다. 존은 자기가 〈쇠 난로〉 속 캐릭터라고 말했다. 동화를 좋아하는 지윤도 처음 듣는 이상한 제목의 동화였다.

"〈쇠 난로〉?"

"응, 〈쇠 난로〉. 유명하지는 않지만 재밌는 이야기야. 옛날에 왕자가 있었는데, 마녀의 마법에 걸려 쇠 난로에 갇히고 말아. 그래서 공주가 구하러 올 때까지 기다려."

사람이 쇠 난로에 갇히다니, 왜 하필 쇠 난로? 정말 희한하다고 생각했지만 일단 계속 들었다.

"길을 잃고 숲을 헤매던 공주가 우연히 집에 들어와. 그때 쇠 난로가 공주에게 길을 알려 줄 테니 돌아와서 자기와 결혼하자고 말해. 왕자가 공주를 고향으로 데려가려는데, 공주가 잠깐 자기 나라에 들러서 아버지한테 상황을 설명하고 오겠다고 해. 그래서 자기 나라에 다녀온 공주가 집으로 돌아왔더니, 왕자가 없어서 다시 정처 없이 길을 떠나. 그리고 두꺼비가 사는 집에 도착해. 두꺼비는 공주에게 호두 세 알을 줘."

"그 집에 왜 두꺼비가 사는 거야?"

"그건 끝에 나와. 두꺼비가 어려운 일이 생기면 호두를 깨라고 말해. 공주가 다시 길을 떠나서 드디어 왕자가 사는 나라에 도착해. 하지만 왕자는 다른 공주와 이미 결혼을 약속한 사이였어. 공주는 그래도 왕자가 보고 싶어서 궁전에서 하녀로 일해. 그리고 어느 날 호두를 깨니까 안에서 금으로 만든 화려한 옷이 나와."

"호두는 옷이 나오기엔 너무 작지 않아?"

"마법이니까 상관없어. 그래서 그다음에…."

이야기를 들으면 들을수록 뭐가 뭔지 알 수 없었지만, 이런저런 황당한 이야기가 이어진 다음 아무튼 행복하게 끝나서 왕자와 공주가 결혼했다. 그리고 두꺼비가 살던 집으로 돌아오니, 두꺼비도 마법이 풀려서 왕자와 공주로 변했다고 말했다. 그들도 마녀의 마법에 걸려서 두꺼비로 변한 것이었다.

이야기를 곰곰이 되새기다가 지윤이 물었다.

"너는 언제 나와? 까마귀는 등장하지 않은 것 같은데?"

"공주와 왕자가 집으로 돌아갈 때 지나가면서 나와."

지나가던 까마귀 3이니까 당연히 지나가면서 나오는 것이다. 존은 재밌지 않으냐고 물었지만, 지윤은 정말 이상한 이야기라고 생각했다. 그러는 동안에도 호박 마차는 드래곤이 있는 탑을 향해 달렸다.

마차를 타고 숲을 지나 덤불을 헤치고 들어가자 주변에 돌덩이가 잔뜩 널린 커다란 탑이 나타났다. 이끼가 끼고 낙엽에 묻힌 돌덩이가 바로 드래곤과 싸우다가 진 왕자와 기사들이었다. 옛날이야기에 나오는 왕자와 기사가 이렇게 많았나 싶었다. 어두운 탑 밑에 사람 모양의 돌이 서 있으니 으스스하고 무서웠다. 그런데 호박 마차가 다가가자 돌덩이들이 어찌나 시끄럽게 떠드는지, 무서움이 단번에 싹 사라졌다.

지윤이 존에게 물었다.

"돌인데 말은 할 수 있는 거야?"

"여긴 동화 속 세계니까."

존이 말했다.

돌덩이들이 지나가던 까마귀 3과 같이 온 소녀가 누구냐고 일제히 물었다.

"파티에서 춤추는 소녀 6입니다."

지윤이 자신을 소개한 다음 독이 든 사과, 기사의 마법 칼, 황금 쟁반을 어떻게 마녀들한테 받았는지 말했다. 그리고 이걸로 어떻게 드래곤을 물리쳐야 좋을지 모르겠다고 말했다.

"좋은 방법이 있을까요?"

그러나 돌덩이들도 방법을 모르겠다고 했다.

"유니콘도 너무하네. 그걸로 뭘 하라는 거야!"

기사가 말하자 존이 대답했다.

"드래곤이 사과를 먹고 죽을까?"

"그 정도로 죽을 리가 없잖아."

다들 용감한 왕자님과 기사였을 텐데 기운이 별로 없어 보였다. 마법을 풀고 나서 한꺼번에 드래곤한테 덤비면 이기지 않을지도 의논했지만, 돌덩이들은 불가능할 거라고 말했다. 드래곤은 지윤이 보기에도 덩치가 정말 컸으니까.

답답한지 기사들이 외쳤다.

"왕자와 기사가 이렇게 많은데 방법 하나도 생각해 내지 못하는 게 말이 돼? 빨리 생각해 내지 못하면 파티에서 춤추는 소녀 6이랑 지나가던 까마귀 3도 돌이 된다고."

"돌이 되고 싶진 않은데…."

지윤은 중얼거렸다.

그때 돌덩이가 외쳤다.

"드래곤이 온다!"

하늘에서 거대한 드래곤이 날개를 펄럭거리며 땅으로 내려앉자 바람이 거칠게 불었다. 드래곤이 돌덩이 사이를 걸어갈 때마다 쿵쿵 땅이 흔들렸다. 지윤과 존은 얼른 돌덩이 사이에 숨었다. 그리고 드래곤의 큰 꼬리가 눈앞을 지나가는 순간, 지윤은 들고 있던 칼을 내려다보며 결심했다.

"에라, 모르겠다."

지윤은 그대로 칼을 들어 드래곤의 꼬리를 콱 찔렀다. 그러나 꼬리에 흠집조차 못 내고, 댕강 소리와 함께 칼이 부러졌다.

"정말 단단하더라고."

가까이에 있던 돌덩이들이 말했다. 칼이 안 들어간다고 진작 말해 줄 것이지!

꼬리를 찔린 드래곤은 화가 나서 괴성을 지르며 지윤을 찾기 시작했다. 지윤과 존이 돌덩이 사이로 도망가자 드래곤이 쫓아왔다. 지윤은 황금 쟁반을 드래곤에게 던졌다. 쟁반은 드래곤 발에 밟혀서 산산이 조각났다. 드래곤이 입에서 불을 내뿜는 모습을 보고 지윤과 존은 얼른 돌덩이 뒤에 숨었다. 불꽃이 사그라들자 지윤은 독 사과를 들고 드래곤을 향해 외쳤다.

"내 독 사과를 받아라!"

드래곤은 지윤이 던진 사과를 꿀꺽 삼키더니, 목에 걸렸는지 쿨럭대기 시작했다. 모두 드래곤이 독 사과를 먹고 죽지 않을까 기대에 차서 지켜봤지만, 드래곤은 바로 퉤 하고 독 사과를 뱉어냈다.

"뭐야, 효과가 없잖아."

지윤은 다시 돌덩이 뒤에 숨었다. 드래곤이 입에서 불을 내뿜으며 지윤을 찾아 움직였지만, 돌덩이들이 드래곤을 유인해 낸 덕분에 들키진 않았다. 마녀에게서 얻은 물건을 전부 사용했는데도 드래곤에게 전혀 타격을 입힐 수 없다는 사실이 답답했다. 역시 이야기를 끝낼 방법이 없는 걸까?

그때 존이 푸드덕거리며 날아가더니 드래곤의 침이 묻은 독사과를 물고 나타났다. 존은 사과를 지윤의 손바닥에 내려놓으며 말했다.

"다시 가져왔어."

"윽, 더러워!"

"드래곤은 내가 유인할 테니까 너는 도망가."

존이 드래곤을 지윤에게서 먼 곳으로 유인하는 동안, 지윤은 부러진 칼과 끈적끈적한 드래곤의 침이 묻은 사과를 내려다보았다. 정말 사과를 깎아서 줘야 할까? 그러면 효과가 다르려나?

그때 존의 뒤를 쫓던 드래곤의 눈에서 광선 같은 것이 나왔는데, 존은 광선에 맞고는 돌로 변해 땅으로 떨어졌다.

"저 녀석도 당했군."

돌덩이들이 말했고, 돌이 된 존은 아픈 듯이 한동안 끙끙 소리를 내더니 곧 킬킬 웃었다. 뭐가 재밌는 거야? 지윤은 하나도 재미없었다. 도대체 이야기를 어떻게 끝내지? 이래서야 너무 어렵잖아.

그때 지윤은 문득 깨달았다.

"맞아. 너무 어려워. 다른 이야기에서는 어려운 일이 생기면 어떻게 했지?"

지윤은 〈쇠 난로〉 이야기가 떠올랐다. 어려운 일이 생겼을 때 쪼개라며 두꺼비가 준 호두 안에 옷이 들어 있었으니까, 혹시 사과에도 뭐가 들어 있지 않을까? 지윤이 사과에 부러진 칼을 대자 사과가 쉽게 반으로 쪼개졌는데, 안에서 작은 칼 세 개가 툭 떨어졌다. 작은 칼은 땅에 닿자마자 각각 빨간색, 파란색, 흰색 손잡이가 있는 단검이 되었다.

지윤이 멍하니 칼을 들고 바라보기만 하자 주변에서 돌덩이들이 재촉했다.

"그걸로 드래곤을 찔러 봐! 뭘 쪼개서 나온 물건은 항상 도움이 된단 말이야. 이야기에서 그런 물건이 나오면 언제나 행복하게 끝난다고."

"〈쇠 난로〉에서도 그랬어."

존이 자기가 나오는 동화라며 돌덩이들에게 〈쇠 난로〉 이야기를 들려주었다. 지윤은 어이가 없었다. 지금은 한가하게 이야기나 늘어놓을 상황이 아니었으니까.

"내 칼을 받아라, 덩치 큰 드래곤아!"

지윤은 드래곤을 향해 달려가 빨간색 칼로 꼬리를 찔렀다. 드래곤이 돌아보더니 화를 내면서 불을 내뿜으려 했다. 그러나 입에서 더는 불이 나오지 않았고 조금 나왔던 불꽃도 그대로 꺼지고 말았다.

돌덩이들이 일제히 외쳤다.

"효과가 있어!"

정말 칼의 마법이 통했을까? 지윤은 곧이어 파란색 칼로 드래곤의 발을 찔렀다. 그러자 드래곤이 화를 내며 마치 돌이 되는 광선을 눈에서 내뿜으려는 듯 지윤을 노려보았다. 하지만 광선이 나오지 않자 모두 신이 나서 환호성을 질렀다.

존이 외쳤다.

"빨리 세 번째 칼로 찔러!"

지윤은 얼른 흰색 칼로 드래곤의 다른 발을 찔렀다. 그러나 이번에는 드래곤에게 다른 변화가 없었다. 화가 난 드래곤이 지윤을 잡으러 다가오고 지윤은 드래곤을 피해 열심히 도망치는데, 존이 외쳤다.

"효과가 있어!"

"무슨 효과?"

드래곤을 돌아본 지윤에게도 곧 존이 말한 효과가 보였다. 드래곤의 크기가 작아지고 있었다. 드래곤이 작아지는 속도가 점점 빨라지더니 이내 지윤보다 약간 큰 정도로 변했다. 이제는 별로 무서워 보이지도 않아서 도망칠 필요조차 없었다. 드래곤은 점점 줄어들더니, 눈에 보이지 않을 만큼 작아져서 결국은 사라졌다.

"마법이 풀렸어!"

돌덩이가 됐던 기사와 왕자와 농부 들이 어느새 마법이 풀려 사람으로 돌아왔다. 다들 지윤을 둘러싸고는 신이 나서 외쳤다.

"파티에서 춤추는 소녀 6 만세!"

존이 날아와서 지윤의 어깨에 앉았다.

"장미 공주를 구하러 가자!"

긴 계단을 걸어 올라 탑 꼭대기에 다다르자 침대에 트리야누스가 누워 있었다. 지윤은 트리야누스의 어깨를 흔들어 깨웠다. 신기한 일이었다. 보통은 트리야누스가 아침에 지윤에게 얼른 일어나지 않으면 학교에 늦는다고 깨우느라 애를 먹는데, 지금은 지윤이 트리야누스를 깨우고 있으니까.

눈을 뜬 트리야누스가 멍하니 지윤을 보면서 말했다.

"지윤이? 너, 여기서 뭐 해?"

"이야기가 끝났어!"

지윤이 대답했다.

지윤은 집으로 돌아왔다. 사실 집으로 돌아온 건 아니고 단지 거실 소파에 앉아 있다가 스마트 안경을 벗었을 뿐이다. 기지개를 켜며 소파에서 일어났을 때, 존과 트리야누스가 나타났다.

트리야누스가 활짝 웃으며 했다.

"네 덕분에 이야기가 끝났어!"

그때 거실 중앙에 환한 빛의 덩어리가 생겼다.

"유니콘?"

페어리 테일 랜드에서처럼, 빛에서 유니콘이 걸어 나왔다.

존이 말했다.

"왜 이야기가 끝나지 않았는지 물어보려고 유니콘을 불렀어."

셋이 나누는 대화는 지윤에게 들리지 않았다. 음성이 아니라 데이터를 주고받는 방식으로 대화하면 더 빠르고 정확하기 때문이다. 지윤은 트리야누스와 존이 대화 내용을 설명해 주기를 기다렸다.

존이 말했다.

"이야기에 오류가 있어서가 아니라 '불확실한 요소' 때문이었대. 어떻게 그럴 수가 있어? 트리야누스, 네가 처음 페어리 테일 랜드를 만들 때 유니콘한테 불확실한 요소를 넣자고 했어? 그 요소를 추가하면 이야기가 어려워져?"

트리야누스가 대답했다.

"단순히 이야기를 묶어서 페어리 테일 랜드를 만들면 재미가 없잖아. 유니콘 프로그램이 무슨 일이 일어날지 모르는 '불확실한 요소'를 추가해서 이야기의 재미를 올리자고 제안했어. 말 그대로 이전에는 없던 요소가 이야기에 덧붙는 거야. 하지만 이야기가 약간만 달라질 줄 알았지, 이렇게 어려워질 줄은 몰랐어."

존과 트리야누스의 대화를 이해하기 어려웠지만, 지윤은 단순하게 생각했다. 그림 동화 이야기는 다들 알고 있으니까, 유니콘이 약간 바꾸면 재밌지 않겠냐고 해서 그렇게 했는데 예상보다 많이 바뀌었던 것이다.

트리야누스가 말했다.

"존, 네 판단이 옳았어. 네 말대로 외부에서 사람을 데려왔으니까 해결했지, 그러지 않았으면 해결할 수 없었을 거야. 착한 마음씨를 지닌 용감한 사람이 이야기 속으로 들어와 여기저기 많이 돌아다녀야 해결되는 문제였어. 방법이 너무 어렵긴 하다."

"하지만 재밌었어."

존이 신이 나서 말했다.

그때 거실에 다른 홀로그램들도 속속 나타났다.

"여기가 파티에서 춤추는 소녀 6의 집이야?"

페어리 테일 랜드에서 만난 인공 지능들이었다. 여전히 페어리 테일 랜드 속 모습 그대로인 캐릭터도 있고, 아닌 캐릭터도 있었다. 신데렐라도, 마녀도, 요정 대모도, 돌덩이로 변했던 왕자님도 모두 있었다. 다들 지윤 덕분에 멋진 이야기로 마무리가 됐다며 즐거워했다.

지윤은 거실을 가득 채운 인공 지능들에게 말했다.

"우리 집엔 무슨 일이야?"

"네 역할을 아직 마무리 안 했잖아."

이야기를 끝내는 데만 정신이 팔려서, 지윤은 자기가 파티에서 춤추는 소녀 6이라는 사실을 잊고 있었다.

"장미 공주의 마법이 풀리면 왕궁에서 파티가 열려. 이야기의 끝을 기념해서 페어리 테일 랜드의 모든 왕자와 공주가 참석해 춤을 추는 성대한 파티야. 그리고 그중에…."

"나도 있구나!"

소녀 다섯 명이 지윤을 둘러싸고 빙글빙글 돌며 춤을 추기 시작했다. 그들이 바로 파티에서 춤추는 소녀 1, 2, 3, 4, 5였다. 트리야누스가 흥겨운 음악을 틀었고, 다 같이 춤을 췄다.

"부모님 오시기 전에 얼른 파티를 끝내자."

지윤과 인공 지능들은 춤을 추며 파티를 즐겼다.

트리야누스와 존은 캐릭터를 바꿔서 새로운 이야기를 시작할 계획인데, 그 이야기에 지윤도 꼭 참석했으면 좋겠다고 말했다. 지윤도 흔쾌히 그러겠다고 대답했다. 다음 이야기는 아마도 훨씬 더 재미있을 것이다.

작가의 말

저는 옛날이야기를 무척 좋아합니다. 어렸을 때도 동화책을 무척 좋아했어요. 같은 책을 반복해서 읽었던 기억도 있습니다. 재밌고 신기하고 또 황당하기도 한 이야기 전개를 좋아했습니다. 옛날이야기는 입으로 전해지는 특성상 다듬어지지 않은 부분이 있습니다. 아이들의 엉뚱한 상상력을 자극하기 위해서이기도 하고 위험한 행동을 하지 말라는 경고의 의미도 담고 있어서 더욱 그래요. 그래도 여전히 재미있어요.

이야기를 만드는 작가로서, 인공 지능의 발달과 콘텐츠의 홍수 속에서도 여전히 굳건한, 이야기가 가지고 있는 힘을 이야기하고 싶었습니다. 우리에게도 친숙한 〈백설공주〉, 〈신데렐라〉, 〈잠자는 숲속의 미녀〉, 〈라푼젤〉 같은 이야기를 누가 어떻게 만들었을까를 고민하면서 〈파티에서 춤추는 소녀와 지나가던 까마귀〉를 읽으면, 이야기가 다르게 보이는 즐거움을 느낄 수 있을 거예요. 독자분들이 즐겁게 읽으셨으면 좋겠습니다.

사이코패스 AI

초판 1쇄 발행 2023년 11월 15일

글쓴이 전건우 정명섭 김이환 | **펴낸이** 황정임
총괄본부장 김영숙 | **편집** 김로미 | **디자인** 이영아 이선영
마케팅 이수빈 윤인혜 | **경영지원** 손향숙 | **제작** 이재민

펴낸곳 초록서재(도서출판 노란돼지) | **주소** (10880) 경기도 파주시 교하로875번길 31-14 1층
전화 (031)942-5379 | **팩스** (031)942-5378
홈페이지 yellowpig.co.kr | **인스타그램** @greenlibrary_pub
등록번호 제406-2015-000137호 | **등록일자** 2015년 11월 5일

ISBN 979-11-92273-24-2 43810

* 값은 뒤표지에 있습니다.

초록서재는 여린 잎이 자라 짙은 나무가 되듯,
마음과 생각이 깊어지는 책을 펴냅니다.